韫辉诗词选

王玉明 著

作家出版社

2019 年 4 月摄于水木清华
摄影：杨丽英（中国摄影家协会会员）

作者简介

　　王玉明，字韫辉、1941 年生，吉林人。清华大学毕业，中国工程院院士、机械设计及理论专家。现任清华大学机械工程学院教授，汽车安全与节能国家重点实验室学术委员会主任。中华诗词学会顾问、高校诗词工作委员会主任，中国工程院院士书画社理事，清华大学荷塘诗社社长。出版诗集《王玉明诗选》《荷塘新月》《心如秋水水如天——韫辉诗词百首》《水木清华眷恋——韫辉诗词选》，摄影集《智水仁山——王玉明摄影作品集》《赤子之心法自然》。

叶嘉莹先生（中华诗词学会名誉会长，南开大学中华古典文化研究所所长，加拿大皇家学会院士，中央文史馆馆员）题词

画：彭远凉先生（国家一级美术师，香港中文大学驻校艺术家）

目录

序言

　　夫中国古代科学家，能诗者十不二三。即以古代十大著名科学家若战国秦之李冰，东汉蔡伦、张衡，南朝宋齐间之祖冲之，北魏郦道元、贾思勰，北宋毕昇、沈括，元之郭守敬，明之李时珍而论，能诗者亦仅张衡、沈括二人已。"术业有专攻"，韩昌黎固尝言之矣。专攻已属难能，况兼通乎？非大才莫办也。近世科学、教育日益精进，分科遂亦日臻细密。致今之大学，人文与理工判然河汉。人文学科固无课数理化者，而理工院系虽有授大学语文，或形同虚设，或辄止浅尝，终不敢望于兼通。其利在专业造诣之深，其病在知识范围之窄，得失参半，无以两全焉。所幸者，肃肃学舍即近陶范，而莘莘学子殊非陶土。跃冶之金，愿为镆铘者，时亦有之。而纤鳞弱羽，一旦出池樾，入海天，乐游于浩瀚，欢蕭于苍茫，餍所欲食，畅所欲饮，则化龙成凤，更不可一以概之矣。虽然，鸿沟之越，终非易易。今之治理工而兼好文学者固多，而能文学者实寡；能为传统诗词者又寡；能为传统诗词而克自卓然树立者，百不一二焉。而中国工程院院士、清华大学教授、博士生导师、机械工程学著名专家王玉明先生，其佼佼者也。先生之诗词创作，始自弱冠负笈清华，迄今几六十年矣。初则别才为之，非关学也，如新荷出水，头角崭露，已令文科诸生面有惭色。洎近古稀，私淑诗坛耆宿叶迦陵教授，才情而外，辅以学术，所造不惟窥藩，更欲入室，复令文科诸多导师汗颜。尤可称道者，以赤子之心待人接物，以赤子之心即事抒情，所贵在真，在正，在诚，在淳。与先生交，"若饮醇醪，不觉自醉"。东吴程德谋论周公瑾语，移用于先生，其谁曰不然？先生既自选其诗词曲五十二首为一集，命序于余。先生长余九岁，余素以兄事之，何敢序？亦何敢辞？亟盥读之，勉书数纸，以志先睹之快云尔。是不为序！

钟振振

中华诗词学会顾问、原副会长

南京师范大学教授、博导，清华大学客座教授

韫辉诗词选
（附名家点评）

玉明院士調笑令詞

楊柳楊柳細雨斜風浴鵁鶒

黄新綠柔裳曼舞輕歌艷

陽下豔陽斜柳木清華眷戀

庚子八月和山雲鶴

潘云鹤院士（中国工程院原副院长，院士书画社社长，西泠印社社员，
中国书协会员）书

1. 调笑令·水木清华

杨柳，杨柳，细雨斜风浴就。

鹅黄新绿柔裳，曼舞轻歌艳阳。

阳艳，阳艳，水木清华眷念。

1962 年春（处女作）

注：钟振振教授建议将"曼舞轻歌艳阳"改为"舞动初晴艳阳"，非常灵动，非常好，本应采纳，但考虑到这是处女作，改动还是尽量少一点，故仍保留原貌如上。

钟老师对这五十二首诗词进行了全面的审阅，其提出的意见建议绝大部分都已被采纳，以下不再一一列举。此外，许多老师和朋友都对拙作提出过宝贵的意见建议，大部分都被采纳，在此一并致谢！

作者自书

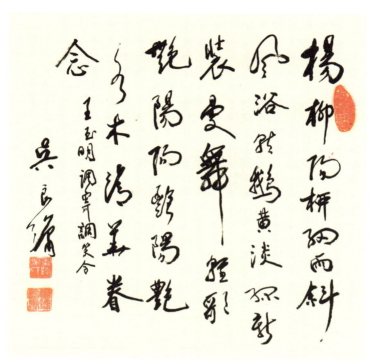

吴良镛先生（两院院士，国家最高科技奖获得者，清华大学教授）书

楊柳楊柳細雨
斜風浴就鵝黃
新綠柔裹曼舞
輕歌艷陽陽艷
陽艷水木清華
眷念
調笑令 水木清華
甲午年末本一九六二年舊作
緼輝

作者自书

叶嘉莹先生在为《心如秋水水如天——韫辉诗词百首》一书作系统点评时将该词标识为佳作。

周笃文先生（中华诗词学会顾问、原副会长）点评：

玉明先生感情丰富，兴趣广泛，对生活的发现与感悟尤多。读他的诗，能把你引入一个五彩缤纷的世界。其中水木清华与荷塘月色更是他心中永不褪色的情结，他的诗作中至少有二成以上是为此而发的。《调笑令·水木清华》即是他处女之作，成于1962年。

曹初阳先生（云帆诗友会会长）点评：

处女作小令清新朗健，意气风发，不求工而自工，天赋灵根。半个世纪以后被诗词大家叶嘉莹先生标识为"佳作"，令人惊喜！

江合友教授（河北师范大学教授，博导，中华诗词学会高校诗词工作委员会委员，中国词学会常务理事）点评：

由柳入手，流丽清新，青春勃发之气充盈其间。转韵处自然，气息不乱，不易为也。

登罷長城興未消　晚風沐浴
醉燕郊泉聲清朗　氣幽啓幽寂山
影蒼茫星光漢高　花夜悄悄幽情
脉脉螢光閃閃九　曲溪流入更深
歸去頻回首
幽谷臨風
遥

二零零年中秋書一九六二年舊作於清華園　韞輝

作者自書

2. 幽谷临风（新声韵）

登罢长城兴未消，晚风沐浴醉燕郊。

泉声清朗林岩寂，山影苍茫星汉高。

花气幽幽情脉脉，萤光闪闪夜悄悄。

更深归去频回首，九曲溪流入梦遥。

1962 年暑假草于清华大学三堡休养所（昌平山区）

叶迪生先生（天津市原副市长，教授级高工）点评：

这是一首极为幽雅、清爽、情景交融的七律诗，竟出自于一个大学生之手，实在难以想象，可见功底之深。今天自然炉火纯青了。

建议你以后不必要再提和谁交流了等等。诗友之间交流，共鸣甚至各持己见是难免的。但一首好诗之核心价值，只读一回，便唤起心灵的感应。

这真是一首十分动人的诗。

作者对叶迪生先生的答复：

我当时确实是深深地陶醉在大自然当中了。

我是在老家吉林省梨树县长大的，那里是松辽平原腹地，我从出生到 1959 年上大学之前，没有见过大山。但是在高中时读的古诗词里面，写山的很多，特别是李白的诗，因此从小就对名山大川有了强

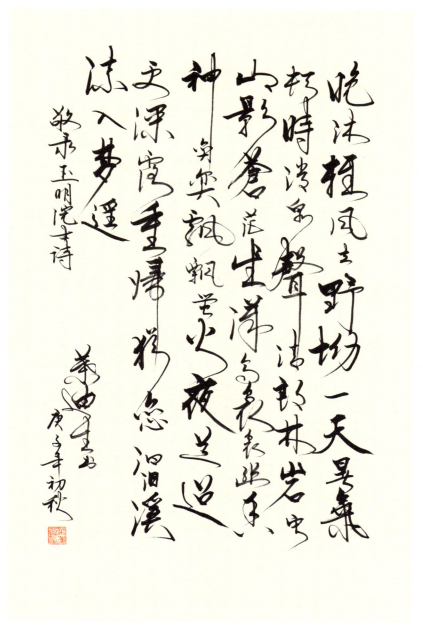

叶迪生先生书（初稿）

烈的向往。1962年暑假，没有回老家，而是与同学们一起到昌平南口北面的清华三堡休养所，在那里第一次近距离地欣赏大山，感受大自然的壮丽，诗情就自然而然地产生了，一口气写了十来首诗。而那时我已经初步掌握了格律（处女作《调笑令·水木清华》就是当年春天写的）。不过，当时是自发地用"新声韵"而不是古声韵。

至于与诗友的交流，因为我不仅不怕批评，而且由衷地感谢批评切磋建议的师友，不想埋没其功劳，因此经常加以说明。尽管我写格律诗已经有近六十年的历史，你认为我已经"炉火纯青"了，但我还是经常主动征求师友们的意见，一遍又一遍地加以修改完善。这本精选集中的许多作品都包含着师友们的心血，在此一并致谢。实际上，本书中的诗词包含着集体智慧，书法更是作者与师友们的共同创作。

江合友教授点评：

颔联属对工稳。陶醉之情与清幽之景融合，境在言外。

星汉教授（新疆师范大学教授，中华诗词学会顾问、原副会长，高校诗词工作委员会副主任）点评：

此律为王玉明先生二十一岁时作品，颇见老到。"泉声清朗林岩寂，山影苍茫星汉高"一联，山水映衬，有声有色，动静结合，得"仰观宇宙之大、俯察品类之盛"之神韵。"花气幽幽情脉脉，萤光闪闪夜悄悄"一联，两用叠字相对，实属难能。

3.【越调】天净沙·荒山月夜

荒山冷月疏星，败林衰草残冰。险路凄风倦影。
梦寻春径，红桃绿柳黄莺。

1975 年冬末初稿

江合友教授点评：

荒山冷月，冰冻三尺，非一日之寒也。前三句皆肃杀之景物，以眼前所见，喻时事也。冬已末矣，春天将至，此自然之理，末二句一转，写心中期盼。处乎逆境，而心怀希望，揆诸实际，世人极难达到。所谓天将降大任于斯人也，必先苦其心志。诗人处乎艰难，而不坠青云之志，此曲虽小，而透露胸襟之大，故深可吟味。

作者自书

荒山孤月寒星
疏林衰草残冰
苔蔽凄風清影
春光入夢紅桃
綠柳黃鶯

天净沙 荒山月夜
一九七〇年冬撰
二零一六年春書

作者自书（初稿）

4. 悼周总理（二首选一）

骨沃神州肥劲草，心头岁岁发春华。
元勋殉国斯民恸，泪雨滂沱没噪鸦。

1976 年 4 月 1 日

注
①：这两首诗分别收入《天安门诗抄》第 25 页和第 47 页。第二
首是："黑云翻墨欲吞天，妖怪张牙舞戏欢。安得倚天抽宝剑，
擒贼立斩祭君前。"由于当时水平有限，加之时间紧迫，未及推敲，
毛病不少，例如：既然"得"取入声，同样是入声的"贼"当用
平声字例如"魔"；"君"当改为"公"。但这是历史，不宜修改，
只好留下瑕疵。
②：首联化自鲁迅诗句"血沃中原肥劲草，寒凝大地发春华"。
末句"噪鸦"，指当时对周总理进行含沙射影污蔑攻击的"四人
帮"之流。这首诗的缺陷是模仿鲁迅过于明显，以前曾经修改过，
现接受高昌先生的建议，为了尊重历史而恢复原貌。

骨沃神州肥劲草心
頭歲歲發春華元勳
殉國斯民慟淚雨滂
沱沒噪鴉

悼周總理其二 丙辰清明舊作 王玉明

作者自书

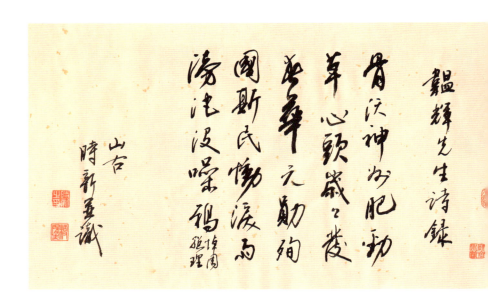

时新先生（山西省诗词学会会长）书

胡显章教授（清华大学党委原副书记）书

郑伯农先生（中华诗词学会名誉会长、原会长，《文艺报》原主编）点评：

　　玉明轻易不写政治抒情诗，偶尔为之，也能给人以"出手不凡"之感。1976 年期间，他写了两首诗，贴于天安门人民英雄纪念碑前。两年半后，玉明激动不已，写下这样的诗句："愁满关山怨满天，悲潮怒卷故园寒。小诗曾向刀丛觅，千古奇冤案已翻。"这些诗显示了一位科学家的正义与良知。

高昌先生（中华诗词学会副会长，《中华诗词》主编）点评：

　　这两首绝句曾收入著名的《天安门诗抄》，记录下一个难忘的历史瞬间，有着珍贵的史料价值和思想光彩。文字上有着鲁迅诗风的鲜明印记，尤其第一首与鲁迅作品更是一脉相承。犀利直接、锋芒毕露，掷地有声。也许因其特别的时代氛围，这两首诗在辞采上可能不好与所谓静穆圆熟之作相比并，但鲜活生动的觉醒意识和浓郁滚烫的艺术激情，也是坐在书斋里咬文嚼字的某些篇章难以模拟的。雷雨中奋飞的海燕，比春花间的蝴蝶更加令人震撼。我曾力劝诗人不要对这两首诗做文字上的修饰。一方面为自己留下真挚记忆，另一方面也为存真。

丁国成先生（中华诗词学会顾问、原副会长）在《当代诗词史稿（四）》中说：

　　天安门诗歌极大地促进了我国诗歌的平民化与大众化。……其中或有诗人，例如现已公认的著名诗人王玉明，就是《天安门诗抄》中《神州人人悼英灵》之六（"骨沃神州肥劲草"）、《今日举剑斩妖魔》之十三（"黑云翻墨欲吞天"）的作者，但他当时还是一位职业科学家。

江合友教授点评：

　　此诗史也。十里长街、人民相送；噪鸦虽聒，泪雨没之。人心与民心之所向，即历史车轮之所向。前二句写自己，后二句写大家，由小及大，情感充实，为历史做一注脚。

5.【越调】天净沙·崂山（二首选一）

名山古观仙家，蓝天碧海银沙，翠谷青峰黛岬。
秋光潇洒，金风玉露黄花。

1977 年秋初稿

孙明君教授（清华大学人文学院党委书记，博导）点评：

人云玉明先生是一位诗人院士，我观玉明先生乃是一位爱国诗人院士。两首小令（包括《天净沙·荒山月夜》）虽然写作年份相近，但因政治氛围截然不同，其意境和修辞色调也截然不同。一切景语皆情语。足见玉明院士不忘国事、心系天下之情怀。

江合友教授点评：

前三句铺写崂山美景，建筑、峰谷、碧海、蓝天、沙滩，组成海滨风情画卷，自然与人文，皆在其中，将崂山特点写出。末二句，更添秋色，更显画面之斑斓，亦抒发诗人热爱祖国大好河山之情。可谓景到、情到、韵到，颇堪吟味。

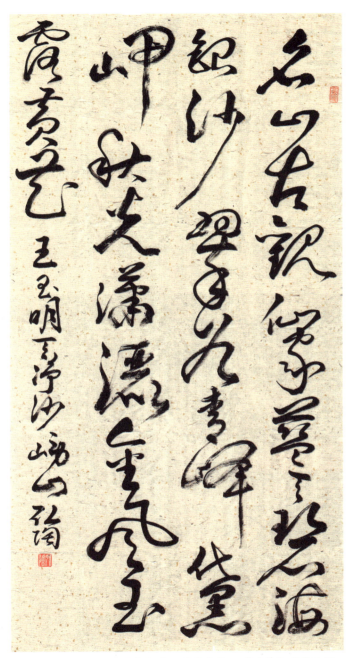

周文彰（弘陶）先生（中华诗词学会会长，原国家行政学院副院长）书

6—9. 忆江南·西子湖（四首）

—

苏堤忆，春晓踏歌行。
桃蕾溢红羞梦蝶，柳芽吐碧唤流莺。
微雨草青青。

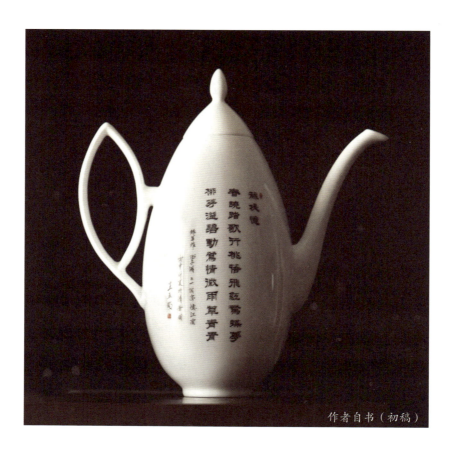

作者自书（初稿）

二

清秋夜，遥忆小瀛洲。

金桂香源琼阁树，银湖光自素娥眸。

无寐月如钩。

作者自书（初稿）

三

黄昏际，豪兴赋斜阳。

湖水煌煌金剑敛，山林隐隐火轮藏。

人面沐霞光。

作者自书

四

人方静，西子睡尤妍。

雾淡云微天润水，星飘灯曳水溶天。

诗酒梦难言。

叶嘉莹先生点评：

四词俱佳，与书法相得益彰。

江合友教授点评：

四词对句，见赋才之长。春晓、秋月、黄昏、入夜，四种西湖风景，清新叙写，甚为可爱。东坡所云"总相宜"者，读此四词，信不虚也。

10. 五古·峨嵋纪游 （新声韵）

少年存宿愿，壮游峨嵋山。
今朝得圆梦，使我开心颜。
初宿报国寺，夜半雨惊眠。
清晨仍淅沥，兴趣犹火燃。
层层石板路，百步一盘旋。
青山携绿水，次第入眼帘。
芳草迷幽径，清溪拂琴弦。
野花香沁脾，百鸟啭清甜。
碧峰秀似笋，隐现烟云间。
陡峭千仞壁，深邃万丈渊。
雨瀑几峰挂，松涛四周喧。
茂林亭台隐，修竹曲径连。
翠微笼古刹，香火供普贤。
雅秀清音阁，牛心激飞泉。
二龙相会处，涧水落深潭。
黑龙栈道险，仰视一线天。
洪椿霏霏雨，洒落庭院闲。
九十九道拐，峰峦叠翠妍。
嵯峨仙峰寺，九老对华严。
象池留宿晚，皓月何时悬。

少年存宿願　壯遊峨嵋山　今朝得圓夢　使我開心顏
初宿報國寺　夜半雨驚眠　清晨仍淅瀝　興趣猶火燃
層層石板路　百步一盤旋　青山攬綠水　次第入眼簾
芳草迷幽徑　清溪拂琴弦　野花香沁脾　百鳥囀清甜
碧峰秀似筍　隱現雲間陡　峭千仞壁　深邃萬丈淵
雨瀑幾峰掛　松濤四周喧　茂林亭隱修　竹曲徑連
翠微籠古剎　香火供普賢　雅秀清音閣　牛心激飛泉
二龍相會處　澗水落深潭　黑龍棧道險　仰視一線天
洪椿霏霏雨　瀟落庭院閒　九十九道拐　峰巒疊翠妍
嵯峨仙峰寺　九老對華嚴　象池留宿晚　皓月何時懸
隔夜登金頂　更上萬佛巔　白雲如大海　淘湧卷巨瀾
心曠神復怡　宇宙大無邊　佛光雖未見　世事難十全
他年如有幸　或可再登攀　尋仙不解遠　長憶李青蓮
江山歌壯麗　古今共陶然

敬錄
王玉明先生 五古·峨嵋紀遊

庚子年 末學韓倚雲書

韩倚云教授（北京诗词学会副会长，中华诗词学会高校诗词工作委员会副主任，北京航空航天大学教授）书

隔夜登金顶，更上万佛巅。

白云如大海，汹涌卷巨澜。

心旷神复怡，宇宙大无边。

佛光虽未见，世事难十全。

他年如有幸，或可再登攀。

寻仙不辞远，长忆李青莲。

江山歌壮丽，古今共陶然。

草于 1979 年

注：诗中提到的景点是从东线（左侧线路，不经过万年寺）攀登经过的，依次有：报国寺，清音阁，牛心石，黑白二水（"黑龙江"和"白龙江"），黑龙江栈道，一线天，洪椿坪，九十九道拐，仙峰寺，九老洞，华严顶，洗象池（象池月夜），全顶，万佛顶等。

韩倚云教授点评：

这首五言古诗是作者早年的作品，用新声韵写成，一韵到底，共二十七韵。题目标明是"纪游"，主要用赋笔，记录峨眉山之游，对所见之景描摹详细。根据作者自注，描写了从东线攀登所经过的各个景点。全诗一气呵成，流畅自然，景色优美，感情真挚，让读者身临其境。由于其中有许多景点的名字，熟悉峨眉山的人会更加感到亲切。从中可以感受到作者对大自然的炽烈热爱和对大诗人李白的深切敬仰："寻仙不辞远，长忆李青莲。江山歌壮丽，古今共陶然。"

叶迪生先生点评：

百花齐放，阳春白雪。这次再拜读峨嵋纪游，真是受教更深了。希望更多文人学者得以共鸣。文化自信，此为证也。

11. 自度曲·离愁

如钩月，照窗前，客舍有人愁未眠。
伊人或亦然。

秋风起，叶飞翻，晓雨淋窗别梦寒。
离人泪不干。

1979 年秋

周笃文先生在拙作《荷塘新月》序言中说：

"王明先生是极富亲情友情的人。他的一首怀念亲人的自度曲《离愁》也同样感人：节短韵长，深情无限，令人读之凄断。"

江合友教授点评：

秋风起，莼鲈思，想伊人，离愁起。此词以情胜，读之不无凉夜凄其之感。

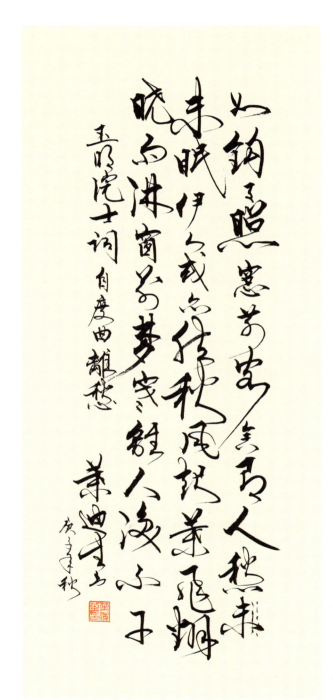

叶迪生先生书

12. 圣诞香山月夜有感 ^{（新声韵）}

严冬深夜里，独自赏庭园。

厅内华灯幻，山间古柏恬。

风消云远逝，林寂鸟酣眠。

雪净天光澈，冰明月影寒。

空灵心似水，静谧意犹禅。

宇宙无穷探，人生珍百年。

2004 年 12 月 25 日草于香山饭店

叶嘉莹先生点评：

香山诗意境极佳。

霍松林先生（已仙逝，中华诗词学会原名誉会长）在《王玉明诗选》
序言中以该诗举例：

"风消云远逝，林寂鸟酣眠。雪净天光澈，冰明月影寒"，对冬
夜幽寂静谧的圣洁之美的表现，都十分纯净灵动，可谓是"素处以默，
妙机其微"（司空图《诗品·冲淡》）的神来之笔。

嚴冬深夜裡 獨自賞庭園

華燈幻山間 古柏恬風消雲遠冰

逝林寂焉酣眠 心似淨天光澈意

明月影寒空靈 雪淨靜謐

猶禪宇宙無窮探 人生珍百年

庚子冬月書舊作 聖誕前燕山月夜有感

王玉明

作者自书

香山逢聖誕徑賞巧庭院廳內華燈灼
山間古柏瞻屋消雲逝遠林寂鳥眠酣雪
樹天光澈冰湖月影寒空靈心侶水靜謐
意如禪宇宙時空邈人生珍百年

王玉明院士詩聖誕香山月夜有感 己丑夏月 張又棟書

张又栋先生（中国文联书画艺术中心理事，中国书法家协会
资深会员，中国书协培训中心教授）书（初稿）

郑伯农先生在《王玉明诗选》首发式上代表中华诗词学会所做的致辞中说道：

我设想，作者大约刚刚完成一道科学攻关，有时间在香山小憩，心情完全放松。他完全被圣诞节的香山夜色吸引住了，如梦如幻，如痴如醉。"空灵心似水，静谧意犹禅。"这里的"禅"不是纯宗教意义的禅，而是作者在感悟宇宙和大自然的无限丰富。对于这样的诗，用"热爱自然""拥抱自然"之类的词汇去形容是乏力的。作者几乎完全和自然景色融为一体，达到"天人合一"。我以为写当代夜景，写人与自然的和谐，这首诗是很值得留意的。

江合友教授点评：

香山月夜，一片空明之感，读之令人有出尘之想。王老为人，如玉之明润，人如其名，诗如其人，信然。

13. 我心飞翔

既然寻境界，何必避风霜。

暮揽关山月，朝吟天海阳。

冰浮涛有寂，心静宇无疆。

雪霁崖巅立，云霄逐鸟翔。

2004 年春节草于北戴河

霍松林先生点评：

"既然寻境界，何必避风霜？暮揽关山月，朝吟天海阳"，可见其胸怀气度。

杨叔子院士（中国科学院院士，华中科技大学原校长）点评：

在这本诗集里，颇多人生感悟，警言佳句比比皆是，如"冰浮涛有寂，心静宇无疆"等。

周笃文先生点评：

科学的大境界，需要不避风霜的乐观的诗心支撑，才能挺立崖礁，翔翔天宇。

超辉诗《我心飞翔》

崔嵬之云霄迎飞翔 涛有舞心静宇寺疆雪霭 攀异山月於冷下海阳水浮 歆然灵境罗文女龙飞云蓄

戊戌八十翁何继善书兴苍然

何继善院士（中国工程院能源与矿业学部原主任，中南大学原校长，中国工程院院士书画社副社长）书

既然寻境岂何又避风霜
暮揽关山月朝吟天海阳
冰浮涛有寂心静宇无疆
雪霁崖礁立云霄逐鸟翔

秋心飞翔
何继善院士雅正
二零零四年春节撰于北戴河
二零一九年中秋书于清华园
王玉明

作者自书

江合友教授点评：

　　此言志之作也，昂扬奋发，纵横悠游，胸次浩然，读之使人向上。

韩倚云教授点评：

　　首联起得不凡，欲寻真境界，须将《老子》与《论语》之精髓合而为一，以出世之心行入世之事，既非陶渊明之隐，又非显官之入世。至此境界，科学家似更有优势，可不"避风霜"地去"寻境界"；"关山月"和"天海阳"都是实景，用此意象表达诗人与自然合一之境界；"心静宇无疆"和"云天逐鸟翔"都是真情，均为警句。

　　这一首诗是王玉明院士2004年春节期间全家在北戴河度假时写的，而他是2003年年底被评为院士的，因此可以认为是他作为新科院士的代表性抒怀之作，既宁静致远，又催人奋进。

14. 亚龙湾海滨漫步遇雨 ^{（新声韵/词林正韵）}

漫步沙滩夜赏潮，流云忽作雨儿浇。

何妨吟啸享天浴，转瞬晴空月正高。

2004 年

郑伯农先生点评：

　　这首诗马上令我想起苏东坡的名句："黑云翻墨未遮山，白雨跳珠乱入船。卷地风来忽吹散，望湖楼下水如天。"相同的是它们都是写我国南方晴雨急剧转换的微妙天气。王诗没有苏东坡那样的大起大落，而是娓娓道来，波澜不惊，从中透出一股达观，体现了随遇而安、积极进取的人生态度。夜出赏潮，流云忽然转作泼身雨，作者面对"风云突变"，居然"吟啸享天浴"，不久云开雨竭，月儿重新挂在天上。多么美好的景观，多么美好的情怀！作者没有唱高调，他的人生态度随着对自然风光的细致描写，不动声色地跃然纸上。

作者自书

15. 元旦

昨夜轻轻雪，今朝朗朗晴。
乾坤生紫气，万象焕光明。

2005 年元旦草于香山

作者自书

昨夜飄飄雪
今朝朗朗晴
乾坤生紫氣
萬象煥光明

庚子中秋書舊作元旦於清華園
王玉明

作者自书

昨夜飄飄雪，今朝
朗朗晴，乾坤生紫
氣，萬象煥光明

元旦
二零二一年元旦書舊作
王玉明

作者自书

周笃文先生点评：

只二十字，却将祖国朝气勃勃的新貌活脱脱地展现出来。"万象
焕光明"，以对语收束，真有万钧之力。

江合友教授点评：

全篇以对语行文，而能自然流动，可见笔力之强。其气度之高朗，
颇堪吟味。

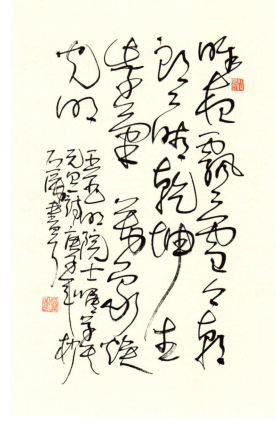

石厉先生书

余学林先生（天津市高新区
原副主任）书

石厉先生（中华诗词学会副会长，《中华辞赋》总编辑）点评：

　　古人写元日的诗很多，写得好的也很多，因传统意义上的元日乃春节第一天，《春秋》中多有赞语："元年春，王正月。"一元复始，盖周以降，春日来临，从时间或日历开始，是儒家思想中，国家和民族大一统的象征。但元旦，却是公元纪年中的节日，距离春天尚远，正是大陆北方的三九寒天，用诗词的形式如何表现，事实上已成一个难题。王玉明先生这首格律精严的五绝，四句皆以对仗的句式，直接

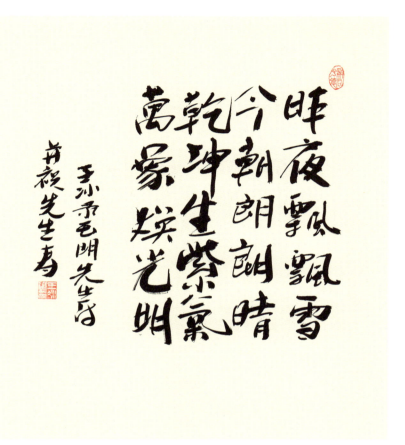

王冰先生（《诗刊》副主编，《中华辞赋》杂志社社长）书

从"昨夜"的小雪入笔，写到"今朝"的天晴日朗，然后又笔锋一转，
道出"乾坤生紫气"的佳句。"紫气"是紫微星所散放的光芒，中国
古代认为紫微星乃对应政治中枢所在，故"紫气"也有歌颂当今时代
的意味，可谓是一语双关，让结句的"万象焕光明"自然流出，一派
灿烂，让人心生喜悦，使整首诗古义和新义皆充盈其间，昂扬大气。

16. 香山碧云寺

碧云寺顶碧云流，流入心中消百忧。

三世树前泉汩汩，三生石上梦悠悠。

2005 年

孔汝煌先生（中华诗教促进中心副主任）点评：

　　七绝《香山碧云寺》读来流畅悠远。流畅，得力于首句的重字、一、二句的顶针，三、四句的叠字等积极修辞手法。悠远，得力于"三世树"（三代树）、"三生石"意象的因果沧桑，借梦境而寂然凝虑、思接千载；悄焉动容，视通万里。

星汉教授点评：

　　重复用词，不见累赘，反觉顺畅，别有一种情思，读者自能领略得来。

上　泉　百　流　碧
夢　汩　憂　流　雲
悠　汩　三　入　寺
悠　悠　古　心　頂
　　生　樹　中　碧
　　石　前　消　雲

樂山碧雲寺　庚子臘月中旬舊作　韞輝

作者自书

043

17. 沁园春·南迦巴瓦峰与雅鲁藏布大峡谷

雪域高原，邃谷洪流，咆哮奔腾。

看雅鲁藏布，险超万壑；南迦巴瓦，秀冠千峰。

历历江山，拳拳赤子，长啸临风热泪盈。

遍寰宇，问谁堪媲美，华夏奇雄？

频频仰望苍穹，见座座神山矗碧空。

慕冰川绒布，玉清尘念；圣湖纳木，醇澈凡瞳。

布达拉宫，云端参拜，雪顿巡行哲蚌中。

礼佛际，念藏胞携我，兄弟情浓。

2005 年夏草于西藏林芝

霍松林先生在《王玉明诗选》序言中以该诗举例：

像《沁园春·南迦巴瓦峰与雅鲁藏布大峡谷》等，由于面对的是英雄业绩、江山胜景，因此也写得十分壮观，表现出作者豪放纵阔、大声镗鞳之英雄本色的一面。

叶嘉莹先生点评：

此词雄浑极有气魄。

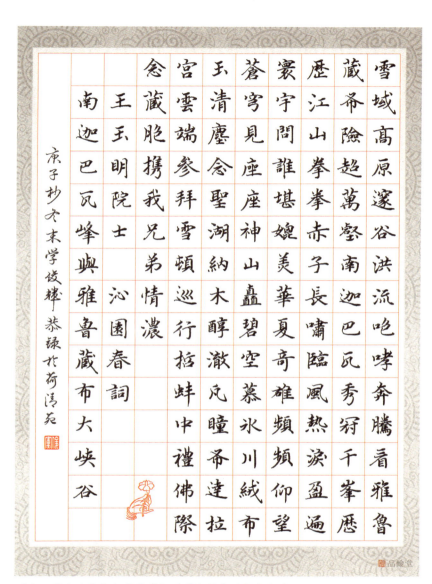

雪域高原　邃谷洪流吼哮　奔騰看雅魯
藏希險超萬壑　南迦巴瓦秀冠千峯歷
歷江山拳拳赤子　長嘯臨風熱淚盈遍
寰宇問誰堪媲美　華夏奇雄頻頻仰望
蒼穹見座座神山矗碧空　慕冰川絨布
玉清塵念念聖湖納木醇澈凡瞳希達拉
宮雲端參拜雪頓巡行括蚌中禮佛際
念藏胞攜我兄弟情濃
王玉明院士　沁園春詞
南迦巴瓦峰與雅魯藏布大峽谷

庚子抄大末学俊辉恭錄於荷清苑

邓俊辉博士（清华大学计算机科学与技术系教授）书

雅魯藏布 險趨萬壑 南迤巴瓦
秀冠千峰 壯麗江山 深情赤子長
嘯臨風熱淚盈 遍寰宇問誰堪媲美
華夏奇雄頻頻仰望蒼穹覓座神
山矗碧空蕪冰川戝布玉清塵念
聖湖納木醇澈凡瞳布達拉宮雲端
參拜雪頓巡行哲群中禮佛隙念

藏胞攜我兄弟情濃
玉立明院士詞 沁園春 南迤巴瓦峰與雅魯
藏布大峽谷 庚之八七翁何継善書

何继善院士书

江合友教授点评：

　　雪域高原雄奇之景，与词人奔腾涌动之热情融合无间，最宜登高诵之，颇壮观也。"看""慕"领起隔句对，工整有致，足见铺写之才，非熟稔体调，不能当行如此。

韩倚云教授点评：

　　整篇深得《沁园春》词牌要领，气脉贯通，雄浑豪放。上下片两联的扇面对，对仗工稳，足见词人技法之高超。贯穿于整首词的主线是拳拳赤子之心，大到爱江山，小到爱藏族同胞，再到爱一草一木，可见一个真正科学家的家国情怀。

18. 采石矶怀诗仙李白

捉月台前明月光，当年足迹染秋霜。
幽思无尽徘徊久，此刻诗仙醉哪方？

2005 年

叶嘉莹先生在《心如秋水水如天》里将此诗标识为佳作。

王改正先生（中华诗词学会顾问、原副会长）点评：

采石矶是长江三大石矶之一，曾是李白饮酒放歌的地方。关于李白在捉月台饮酒时看到月亮掉到江里纵身救月，驾鲸而逝的传说，更是说明民间对李白的深切怀念。作者在捉月台前沐浴着月光，因怀念诗仙李白而幽思徘徊。最后以问句作结：不知此时此刻诗仙正在哪里饮酒呢？其悠悠不尽之意，给人无限遐想。

玉明教授诗词，自出机杼，成一家风骨，其清新之意境，俊逸之韵致，于此可见一斑。

米芾精华会

作者自书（初稿）

19. 沈园怀陆游（新声韵/词林正韵）

赤心啼血念江山，旧梦牵魂泣沈园。
国恨情愁多少泪，一生唯有向天弹。

2006 年

高昌先生点评：

　　到沈园，特别容易想起陆游的爱情悲剧，一般的诗人也仅仅局限在爱情的范畴里抒发感慨。这首诗的作者却跳出了就爱情说爱情的老套路，把陆游的情愁与国恨联系到一起来说，境界自然就博大了起来，诗的底蕴也厚重了起来。陆游的人生悲剧，作者并不是空发议论，而是用一个"多少泪"唯有"向天弹"的典型动作来加以概括和表现。这里的一个"弹"字，力度十足，凝缩了多少感慨和悲愤啊。

孔汝煌先生点评：

　　绝句二首（《元旦》和《沈园怀陆游》），第三句承转启接得都很好。
　　"国恨情愁"四字概括陆游生平，极为精炼，一句四用。

作者自书

赤心帝血
念江山
旧梦牵魂
注沈园
团圆恨情愁
多少泪
一生惟有
向天弹

赤玉明院士诗
沈园怀古菊陵峰

吴硕贤先生（中国科学院院士）书

20—21. 荷塘幽思（四首选二）

其一　春思（新声韵）

春夜腊梅香满园，荷塘漫步沐轻寒。
蟾宫有泪莹光冷，水面无风月影圆。
恩典鞠躬朝塞北，诗情闭目忆江南。
幽思脉脉人声寂，独享良宵不忍眠。

2009 年春初稿，2020 年 12 月 25 日修改定稿于北京至杭州机上。

注："塞北"实际上是指对我恩典极深的先父母的安葬之地吉林省梨树县。

林峰先生（香港诗词学会创会会长）点评：

　　读《荷塘幽思》其一《春思》，使人沉醉不已！月夜春思，良宵不眠，思之深也！"恩典鞠躬朝塞北，诗情闭目忆江南"纵横捭阖，思之万里矣！塞北江南之思，能不是君子之思、爱国之思乎！吾读之再三矣！

書法題識：庚子冬月中舊作荷塘幽思其一春思　王玉明

（正文大字隸書）
春夜臘梅香滿園，
步沐水面輕寒。
冷朝無北風，詩月宮。
鞠躬塞思脈詩眠。
江南幽宵不乏眠，
人情影聲閉圓目，
寂寞恩堂獨憶，
荷塘淚光漫。

附　林峰先生读后用先韵奉答

小桥流水出山前，野店鸡声又一天。
发白发青心未老，花开花落月重圆。
寒塘浅水终成节，翠影红衣胜去年。
春色恼人思万里，吟诗抱雨枕香眠。

（2020 年 7 月 5 日）

已是仲春猶夜寒　丁香花盛氣清

甜睡窗有淡螢光冷　水面無風月影

圓恩典舉頭朝塞北　詩情閉目憶

江南恰逢三五團圓日　如此良宵不

忍眠　王玉明院士詩荷塘幽恩其一春思

庚子八十翁　何繼善書

其三　秋思

独坐荷塘荒岛边，萧萧落叶舞翩翩。

冰轮移过孤枝际，哲思萌生逝水前。

宇宙零源何物有？菩提非树岂尘牵？

人间智慧神奇蕴，寂寞微球飘九天。

2009 年秋初稿，2020 年 12 月 24 日午夜修改定稿于荷清苑

叶嘉莹先生点评：

四首都很好，景真情挚、意境俱佳；

并将《秋思》颔联（流水对："冰轮移过孤枝际，哲思萌生逝水前。"）标识为佳联。

周笃文先生点评：

郑伯农先生在《王玉明诗选》首发式上的致辞中，精辟地阐述玉明院士的诗词风格，他以"清新、清秀、清幽"概括诗人的主体风格，是很到位的评价。的确，玉明先生的作品是以"清"立骨，而自具面目的。比如其"蟾宫有泪莹光冷，水面无风月影圆"（《荷塘幽思》其一）与"人间智慧神奇蕴，寂寞微球飘九天"（《荷塘幽思》其三），皆清以运之，奇逸无比，令人为之刮目。

落葉舞翩翩冰輪移過

獨坐荷塘箓島邊萧萧

孤枝際哲思萌生逝水

前宇宙零源何物有菩

提非奇福寂寞微球飄

慧神奇豈塵牽人間智

九天

荷塘幽思 其三 秋思 辛丑元月書於三亞

王玉明

作者自书

竹影森森蓮景殘清凉月色满荷園氷輪移

過狐枝際覺悟萌生逝水前宇宙零源何物有菩

根非樹豈慶緣奇範一瞬存生命小小寰球運九天

王玉明院士七律秋思 乙丑臘八日傅熹年書

傅熹年院士书（初稿）

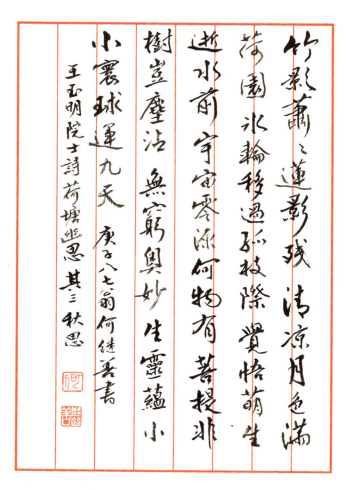

何继善院士书

钟振振教授点评：

科学家之哲思，文学家之华彩，兼而有之。风格冷静而含蕴深邃。

22. 云南映象 ^{（新声韵/词林正韵）}

混沌初开日，祈神拜祖先。
长歌惊肺腑，劲舞动山川。
炽烈情郎抱，婀娜孔雀旋。
原生粗犷美，一醉彩云南。

2009 年

周笃文先生在《荷塘新月》序言中，称此诗：

　　是充满野性之绝作。诗的起笔突出了一种未可知的神性气氛。下面两联野性十足，把"巫女"杨丽萍之神秘特美的属性渲染到了极致。一段原始生命涌动之状，被灵光爆破地描绘出来。收尾两句，妙笔点睛，余味无穷。此当为诗词集中压卷之杰作。

江岚先生（中华诗词学会常务理事，《诗刊》编辑部主任，《中华辞赋》副总编）点评：

　　首联气势开张，境界深远，邃古洪荒之气扑面而来。中间两联音节高亢浏亮，写出了云南独具特色，挪移不得。一结有力、余韵缭绕。全篇神完气足、格高调逸，堪称佳作。

混沌初開日初升　神書祖先毛羽罄肺
腑動春和山川洗　尽情訴托婀娜孔雀
旋原生粗獷美　一酥彩雲南
輝映院士精研剝藝佳作畳生斐然宇内
亲書毛雲南印象之一以示欽佩　劉石

刘石教授（清华大学人文学院原副院长，中文系原主任）书

23. 海滨新秋

夜雨尘寰净，晨光天海清。

曙红波潋滟，树绿岛分明。

有意风私语，无心云远行。

黄昏新月现，渔火伴疏星。

2011 年 9 月 27 日草于海南三亚湾

作者自书

夜雨塵寰淨晨光兆海清
曙紅波瀲灔槳綠島分明
有意風和諧無心雲遠行
黃昏新月現漁火伴疏星

乙亥冬言詩海濱新稿庚子之夏

言恭达教授（中国书法家协会原副主席，清华大学美术学院教授）书

062

叶嘉莹先生点评：

有远韵。

并将颈联"有意风私语，无心云远行"标识为佳联。

蔡厚示先生（中华诗词学会原副会长，已仙逝）点评：

太绝了，功夫来自博学细思。功成正果，自是大家。大家被赏，永为正理。

胡遂教授（湖南大学原中文教授、博导，已仙逝）点评：

此诗兼美李杜两家，既有锤炼，又非常自然。颈联大佳。清明澄澈，一片神行，既是诗境，更是心境。

林峰先生（香港）点评：

教授好诗！一派海滨新秋景致！

林峰先生（北京，中华诗词学会副会长）点评：

"有意风私语，无心云远行"一联最为精彩，足堪传世。风云雨雪皆自然物态，无情无义，但诗人此际将固有之情注于无情之物，使无情之物顿具世人之情，堪称诗人妙造。

江合友教授点评：

海滨秋色，斑斓高阔。颈联精到，有意风，无心云，有我之境也。

星汉教授点评：

中间两联对仗，无一字不工，许为佳构。由"晨光"写到"新月"，时间之推移，加大此律之容量。

24. 喀纳斯寻梦之旅 _(新声韵／词林正韵)

鲲鹏西去掠云端，仙境十年魂梦牵。

漫漫金沙翻大漠，皑皑银雪耀崇山。

桦林晚照升明月，村寨晨炊入野烟。

满眼斑斓沉醉处，心如秋水水如天。

2011年国庆长假初稿，2021年1月修改定稿

王改正先生点评：

　　王院士玉明教授是大科学家，也是诗人、摄影家。他走遍、摄遍中国和世界许多名山大川，将无数山水存入永恒，吟入诗章。他的眼底，处处是诗意的锦绣；他的思绪，无时不在诗意的审美。

　　首联以"鲲鹏西去掠云端"起兴，诗人驾鲲鹏于长天，壮丽风光，历历在目。颔联紧承首联，"漫漫金沙翻大漠，皑皑银雪耀崇山"，俯瞰腾格里大漠和祁连山、天山，美景再次呈现在眼前。颈联转到对喀纳斯禾木村真实景色的描画："桦林晚照升明月，村寨晨炊入野烟。"可以想见这样的谐和宁静的景象，而山河之爱则油然而生。这首诗的颔联颈联，对仗都很工整，读之有颔联的铿锵和颈联的悠然，豪迈和委婉皆如音乐响在心头，使人击节叹赏。律诗的尾联，一般说是全诗的精彩处，是情感抒发、志趣表达最需小心经营的地方，也是全诗的高潮所在。尾联"满眼斑斓沉醉处，心如秋水水如天"，五彩斑斓是

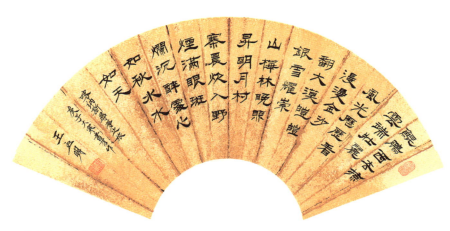

作者自书（初稿）

对喀纳斯秋色的生动概括，美景入眼入心，而达天人合一之境界，乃有"心如秋水水如天"的心灵感发和佳句，与题中"寻梦"契合，首尾相映成辉，且余音袅袅，有不尽之韵味。

赏读再再，深感这是一篇气韵生动、情景并茂的感人佳作。

星汉教授点评：

尾联韵味颇浓，亦见作者心底之明澈。

25. 水龙吟·上元节拜海上观音圣像感怀

—— 依辛弃疾韵

周遭南海澄蓝，波涛万顷连天际。

仰望观音，慈悲含目，祥云环髻。

红日生辉，春风施惠，香熏游子。

遍人间俯瞰，生机勃发，循天理，遵禅意。

如是我闻精粹。

诵心经，色空知未？

茫茫宇宙，鸿蒙开辟，何来元气？

量子纠缠，时空相对，莫能明此。

悟虚实互动，凝神止水，免多情泪。

2017 年 2 月 14 日补记上元节参拜事

遥瞻南海澄藍波濤萬頃連天際仰望
觀音慈悲含自祥雲馨紅日生輝春
風迤惠香薰游子遍人間佈瞰機勃
颸迴天理遵禪意如是莪聞精粹
誦心經色空知未緲茫宇宙鴻蒙開闢
何來元气量子糾纏時空相對莫能明
此悟靈實互動凝神止水免多情淚

水龍吟　拜三亞海上觀音
丁酉春月

王玉明并书

作者自书（初稿）

高昌先生点评：

　　《水龙吟·上元节拜海上观音圣像感怀》让我很喜欢。赤子之心，超然明澈，有大悲悯与大智慧。温馨句如"红日生辉，春风施惠"等，读着非常舒服。先生将量子理论和相对论等科学理念直接纳入笔端，汲新化古，别开奇韵，是一种大胆而又稳健的诗词探索。结尾"凝神止水，免多情泪"，将万千感慨蓦然收束。奇、淡、幽之间，反而留下无尽波澜在读者心头漫卷。

　　"万事随缘皆有味，一生知我不多人"——昨天在友人处见俞曲园先生一联，甚爱。另外，记得清人有联："百岁开怀能几日，一生知己不多人"，则调子低沉，格局逼仄，远非曲园先生可比。人生在世，正宜循天理，随心性，宽怀仁德，高瞩深悟。——如是我闻，如是我思，如是我爱。

江合友教授点评：

　　上片写圣像形貌，得其真。下片抒心中怀思，说理得度，科学词汇入词，能点睛，能生动。可谓得稼轩之神韵矣。

26. 风入松·春思
——用吴文英韵

冰销曾记冷塘明，年少意长铭。
故乡邈邈关山外，好风送、脉脉深情。
桃蕾开时醉蝶，柳芽绽处迷莺。

于今皓首倚闻亭，新月见新晴。
落英何夕随流水，双眸内、有泪微凝。
隐隐闲愁未断，离离春草还生。

2017 年 5 月 22 日初稿

蔡厚示先生点评：

夺名词旧句以表新意，妙！学古大家能如此神似者，非天助其何？

孔汝煌先生点评：

形神兼备、情景交融是中国的传统美学追求。虚实相生、诗者之意移情到形象上，合而为意象，整体为境。先生得之矣。

梁东先生（中华诗词学会原常务副会长，教授级高工）点评：

三日日刮目，多日未见，这如何刮法？如以北京到三亚为升华，再往前走，该升仙了！

林峰先生（香港）点评：

好阕！下阕更好！"落英何夕随流水，双眸内、有泪微凝。"已满怀愁绪、深刻离情。此笔已蘸满浓墨矣！而"隐隐闲愁未断、离离春草还生"，正是浓墨淡写。这种结句，就像浩浩荡荡之大江流水决堤而出，然后弥漫平川，浸渍四野。此情之隐隐闲愁已远非闲愁矣。

刘卫林教授（香港城市大学教授）点评：

造语典雅，取境清丽。上下片情景交织，收笔余妍不尽，刻画春思兴象深婉，是方家之作。

周海龙先生（教授级高工，杭州市城建设计研究院原总工程师，浙江大学建工学院兼职教授）点评：

好词佳书，相得益彰！

離＝有＝落皓醉風長冰
春涙英首蝶送銘銷
草微何倚脉故曾
還凝夕聞脉鄉記
生＝隱隨亭綻深邈冷
＝流新處情湖
閨水月迷桃＝明
愁雙見鶯蕾關年
未聯新令山少
斷內晴今時外好意

春思

调寄风入松　用吴文英韵

王玉明并书

作者自书

27. 贺新郎·赏昆剧《桃花扇》有感
——依张元幹韵

2017 年 10 月 13—14 日，在新清华学堂相继观看全剧和选场演出，感慨不已，一吐为快，赋词以记。

泪洒天涯路。
放悲声、情愁国恨，断肠离黍。
兵败孤城皆殉难，壮烈波涛翻注。
遍山野、荒坟狐兔。
臣佞君昏倾砥柱，听秋风、时把凄凉诉。
弃宫阙，知何去？

秦淮谁可同寒暑？
叹佳人、赤心永驻，痴情恒度。
血绘桃花千古扇，相寄迢迢共语。
啼永夜，销魂杜宇。
哀怨孤鸿迷晓雾，尽漂泊、空忆相尔汝。
怨似海，愁如缕。

2017 年 10 月 16 日草于差旅途中

渡海云涯路，放恣羁情
慈园恨断肠都春色黛
孤棲皆殉难杜烈波涛
瀚注南山壑荒垠孤兔
臣侯君香顷砥柱残秋
雲時把湾凉诉斋官廟
池汨去　春淮谁子阎廖
暑峰任人素心永难癡
情顷度血洒飘色子古扇
杉寰迫三共语嘯永负
蛸觇杜宇畏怨孤鸿
连晚雾壶澤泊志惟杞
尔沙怒以海键水绣

韜辉先生词赏昆劇龙彩扇
有感顺室贺新郎赋银
元幹韻
時新書

时新先生书

高昌先生点评：

浅言深蕴，淡笔浓情，家愁国恨大胸襟。用笔考究准确，落字榫卯自合。

莫真宝博士（中华诗词学会常务理事，中华诗词研究院学术部副主任）点评：

《桃花扇》以悲欢离合之情写家国之恨，先生观剧赋词，亦紧扣此旨，先言家国丘墟，次言痴心不改。痴于国，痴于人，二者打成一片，难以分辨。从中不难感受到作者自己的家国情怀和赤子之心。……《贺新郎》词牌宜于抒写慷慨悲凉之音，作者工于择调，加上语言典雅，情感深沉，诚为佳作。

孔汝煌先生点评：

上半阕写史可法，为扬州城陷，阁部殉国一恸；下半阕写侯、李，为离合之情，兴亡之感再叹。二而一，"条而贯之者"，浩然之气也。不着评论，精神自见，真所谓言外有意，含蕴不尽也。诗穷而后工，玉明兄反其道而行，达而后工。静夜灯前，苦心孤诣，真诗人也。诗人之心即童心，即赤子之心。是席勒、桑塔亚那艺术——游戏说的心理基础。故能置穷达于度外。

28—29. 南乡子（十首选二）

其一　戊戌荷月清华园初觅流萤小记

何事最相思？岁岁流萤逗小诗。

寻遍荷塘幽径里，痴痴，未得灵光岂舍之？

忽见喜滋滋，恰到情人坡上时。

芳草如茵星闪烁，依依，一片童心君可知？

2018 年 7 月 10 日夜初稿

高昌先生点评：

平易亲切、生趣盎然、灵气十足、活力四射。

刘石教授点评：

昔贤有言，词人者不失赤子之心也，此语也于此词可得证之。此词重炼字、重炼意、富情思、显巧思。余曾有诗云："方知科学家，诗中斫轮手！"质诸高明，或当不以鄙见为谬乎。

同海龙先生点评：

诗意幽远，书法隽秀。

何事最相思 歲
小詩尋遍荷塘 歲流螢逗
癡未得靈光豈 幽逕裏癡
喜滋滋恰到情 捨之忍見
笑草如茵星閃 人坡上時
片童心君可知 燦依依一

戊戌荷月清華園初覓流螢小記　調寄南鄉子
庚子冬月書於清華園
王玉明

作者自书

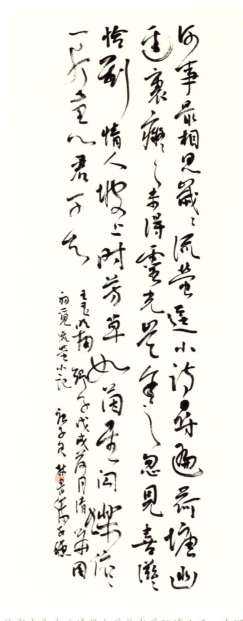

林书杰先生（清华大学美术学院博士后、中国
书法家协会会员）书

宋彩霞女士（《中华诗词》副主编）点评：

　　此词疏快，布置匀称。只起两句便是作手，下文势如破竹。此小令从细小的细节入手，一气之下，以其灵思，情生于文，理溢成趣，古雅成篇。小令起得柔美旖旎，招人喜爱。"何事最相思？"开句突然而来，突兀笼罩，提出设问，到"岁岁流萤逗小诗"，完成答卷。再用"寻遍荷塘幽径里，痴痴，未得灵光岂舍之？"以引其情。通过寻找，痴痴地寻觅，但始终未见目标。写到这里，已经有了引申之意，如同攀登科学高峰一样，"灵光不见"决不罢休之要旨。下阕承接未完成之上意，见异军突起，生发感慨"忽见喜滋滋，恰到情人坡上时"。喜悦之情溢于言表，中有山重水复柳暗花明之致。煞尾"芳草如茵星闪烁、依依，一片童心君可知？"用诘问作结，富有禅意的诘问。便觉有味可读。也是作者这次行脚的感悟，也是人生的体悟。小令自然清新简洁朴素。空气越清洁，阳光就越灿烂；作品越朴素，作品的美就越完善，它给读者心灵的震撼力就越强。让自己开心是一种能力，让自己快乐是一种选择。学会让自己开心，无论走到哪里，眼里都是风景。玉明教授拥有一颗童心，因此诗心年轻快乐。他善于观察，对审美客体，注入了情感因素。小令中有此等句，便空灵可读。令人仿佛如灯镜传影，了然目中却又摸捉不得。该词妙就妙在不即不离，是相非相。诗在意远，故不以词语丰约为拘。言意深浅，存人胸怀。该词的特点，纯用现在语言，先景后情、情景交融、注入作者感悟的句子，如"何事最相思？岁岁流萤逗小诗。""未得灵光岂舍之？""一片童心君可知？"，皆是词家手段。李渔在《闲情偶寄》中谈论戏曲结尾时说："收场一出，即勾魂摄魄之具，使人看过数日而犹觉声音在耳、情形在目者，全亏此出撒娇，作临去秋波那一转也。"当然，不能以"秋波一转"来简单比附"未得灵光岂舍之？""一片童心君可知？"，但从艺术技巧来说，戏曲如此，词又何独不然？

其十　访俄有感（其二）

冰雪野林芜，蕴育诗文共乐图。

爱恨杂陈矛与盾，难书。

萦耳山楂树似初。

文化世间殊，粗大精微冶一炉。

忧郁入心疯入骨，何如？

天使魔头与莽夫。

2018 年 8 月 7 日初稿于莫斯科郊外原野

将五组十首《南乡子》发给叶嘉莹先生后，恩师指出：

　　"大作都好。只有用'乎'字押韵，不可。虚字不可用作韵字。"

根据叶先生指教，已将"知乎"改为"难书"。

久雪堅林莽蘊育詩文共樂圖
疢恨禖陳予与盾難書榮百山
楂尌侶礽　文化毋間殊粗大
精微冶一煌聂欝入心瘋入骨
何如天使魔頭與莽夫

梅潭先生藏之之
沙咸有識之之
南卿子
海龙庚子禾月恭书

周海龙先生书

江合友教授点评：

俄国苦寒，地广人稀，故冰雪野林，为此地常景。其文学艺术甚为发达，巨匠辈出，若普希金、托尔斯泰、陀思妥耶夫斯基、柴可夫斯基、列宾等，众所钦仰。先生青少年，恰逢学苏盛日，诗文歌曲，流行全国。如今踏访其域，不免感慨丛生。上片亦昔亦今，眼前之景，触动昔日之忆，俄罗斯民歌《山楂树》萦耳，一时爱恨横集。下片以议论为主，甚为精到。地异民殊，文化不同，此间可谓粗大、细微融合相得者，文艺从事者，忧郁疯魔，其状百类。末句深刻，由"何如"一问，而自然推出，得呼应之妙。"天使魔头与莽夫"，有褒有贬，有爱有恨，复杂难言，且与上片对应，章法亦好。

注：《南乡子》十首全部诗稿于 2018 年 10 月 8 日在北京去济南的高铁车上重新整理，后再次征求有关诗家意见进行修改，10 月 9 日定稿于返程车上。

30. 蝶恋花·红叶谷秋歌

沉醉山林怀小杜，霜叶绯红，竟令春花妒。
摄取诗魂逢日暮，斜晖遍染斑斓树。

更忆诗豪秋色赋，碧海青天，仙鹤排云舞。
莫道千人千样苦，回眸一笑凭今古。

2018 年 10 月 5 日草于吉林敦化市寒葱岭红叶谷

孔汝煌先生点评：

就二位古人诗境生发，观照人生，颇见巧思。

江合友教授点评：

据杜牧、刘禹锡之诗境，写眼前之情景，古今对话，有趣。

每到秋時懷杜牧霜葉緋紅
竟令春花妒攝取詩魂逵日
暮斜暉遍染斑斕樹　更憶
詩豪秋色賦碧海青天仙鶴
排雲舞雛道千人千樣苦
回眸一哂憑今古　庚子秋日敬錄

王玉明先生蝶戀花　紅葉谷秋歌　沐書

杜鹏飞教授（清华大学艺术博物馆常务副馆长，
清华大学环境学院教授）书（初稿）

31. 蝶恋花·自然之恋

踏遍青山犹未可，更慕冰峰，隐现随云朵。
皓首童心翁一个，斜风细雨轻舟卧。

我爱自然她爱我，大爱无边，炽烈情如火。
宇宙微尘飞闪过，随缘何计因和果。

2018 年 10 月 5 日草于吉林延边敦化市寒葱岭红叶谷

梁东先生点评：

自然之恋极佳！我先看一稿，觉得好，再看二稿（新声韵），也
不错！

江合友教授点评：

情思流动，毫不费力，有俳谐之趣。童心皓首翁一个，自画像也，
可爱可爱。

叶迪生先生惠赠佳作：

晴空一碧清如洗，枫叶相思泪染红。
毕竟诗人有境界，风光尽入画图中。

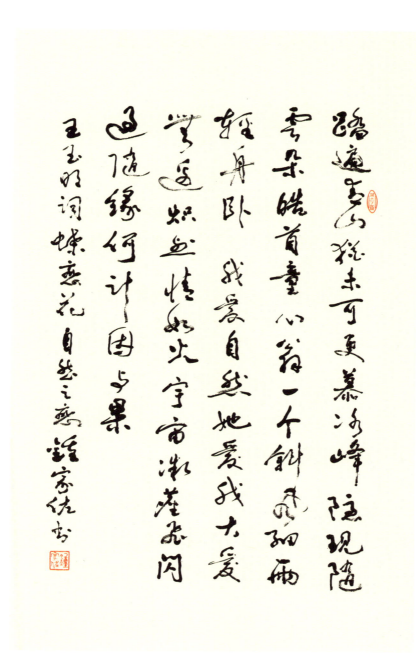

钟家佐先生（广西书法家协会名誉主席，中华诗词学会顾问、原副会长，广西诗词学会会长）书

32—37. 鹧鸪天·秋兴八首（选六）

其一　中秋夜故园行

回首西风荡九州，废墟空忆故园楼。
一轮明月千般恨，几点疏星万代愁。

山隐隐，水悠悠，何人与我共凝眸。
试看古往今来事，谁阻江河滚滚流？

2018 年 9 月 24 日中秋夜草于圆明园

钟振振教授点评：

　　"试看古往今来事，谁阻江河滚滚流？"穿透历史之哲思，颠扑不破之真理。"古往今来"，四字成语，嵌在句中三、四、五、六字位，最得用成语之法。今人每用于一、二、三、四字位，则味同嚼蜡矣。

回首西风荡九州，废垒空忆故园楼。一轮明月千般恨，几点疏星等代愁。山隐隐，水悠悠，何人兴亡共游睁试问，古往今来马谁阻，江河滚滚流

王玉明院士鹤鸪天中秋夜故园行 末学保定韩倚云敬录

韩倚云教授书

其二　长白山秋色

耄耋秋游兴愈浓，乡情隐隐系关东①。

江波雨霁鸭头绿，山树霜余雉尾红。

天上水，日边峰②，依稀仙境梦魂中。

白云飘过新晴雪③，净我心灵如碧空。

2018 年 10 月 2 日初稿

注

①：我乃吉林人也。

②：指长白山天池。

③：地面雨，山上雪。

钟振振教授点评：

　　"江波雨霁鸭头绿，山树霜余雉尾红。"对仗极工极美，却极自然，举重若轻，不见用力痕迹。置之唐宋名家诗里，亦佳句也。"白云飘过新晴雪，净我心灵如碧空。"散句亦同此妙谛。

龙山秋游情愈浓乡愁隐隐條关东江波

雨霁鸭江绿山松霜馀维尾红天仍旧日

遠峰休稀僥境梦魂中山云飘过新晴

雪净我心灵如碧虚

激流王玉明先生诗暨杜子秋興八首其二

长白山秋卉岁次庚子桂月李哲

李哲（清华大学艺术博物馆副馆长）书

日月同輝雲雪峰雪峰玉影

映天穹天穹遙隔瓊池月

池水清澄赤子瞳金菊揚碧

雲風時嵐紫氣入心詢人間

正是秋光好白樺尊楓火紅

王孟陽秋興八首之四

鍾家佐書

钟家佐先生书

其四　长白山礼赞

日月同辉霁雪峰，雪峰玉影映天穹。
天穹遗落瑶池水，池水清澄赤子瞳。

金叶树，碧云风，晴岚紫气入心胸。
人间正是秋光好，白桦亭亭枫火红。

2018 年 10 月 4 日草于长白山天池

钟振振教授点评：

　　"金叶树，碧云风，晴岚紫气入心胸。人间正是秋光好，白桦亭亭枫火红。"金、碧、紫、白、红，有意为之，却似漫不经意，以其散在句首、句中、句尾等不同字位故也。

其五　重阳节梦游岳阳楼感赋

梦里依稀作旧游，重阳重上岳阳楼。
湘娥泪共嫦娥洒，屈子愁追扬子流。

文正记，少陵讴，长怀天下古今忧。
烟波东望迷黄鹤，银发飘萧芦荻秋。

2018 年 10 月 17 日重阳节初稿

钟振振教授点评：

　　八首中，以此首最为浑成而流动。二、三、四句用重复字而不嫌累赘，以其为积极修辞之重复故也。灵均之离骚，希文之先忧，子美之涕泗，天下古今，志士仁人，处境容有不同，而淑世情怀固无二致也。末二句寓情于景，尤有一唱三叹、余韵袅袅之妙。

夢裏依稀作舊遊重陽重上岳
陽樓湘娥淚共嬌娥灑屈子愁
隨揚子流文正賦少陵謳長懷
天下古今憂滔：白浪浮黃鶴
銀髮飄蕭蘆荻秋
王玉明院士鷓鴣天
秋興八首其五重陽
節夢遊岳
陽樓感懷
庚子年秋孔汝煌錄書

孔汝煌先生书（初稿）

其六　秋夜

万木何曾怨白霜，且看树树烁红黄。
胸怀火种秋犹暖，情在冰心梦未凉。

天邈邈，地茫茫，残荷荒岛绕高杨。
萧萧芦荻亭亭竹，云去云来月半藏。

2018 年 10 月 20 日周六草于清华荷塘

钟振振教授点评：

　　"万木何曾怨白霜，且看树树烁红黄。胸怀火种秋犹暖，情在冰心梦未凉。"一反前人悲秋之戚，具见胸襟之阔，气度之大。王子安所谓"老当益壮，宁知白首之心"者，此词有焉。

萬木何曾怨白露且看楓二
爍紅黃有懷火種秋貂暖情在
冰也萬未凉 天匝二軍范三陵
荷花島繞高楊蕭二蘆𥄳高二
竹事去云來刀半藏

韞輝先生華年 楊熱了 秋興八首之六
海龍庚子冬月燕京

周海龙先生书

其八　秋晨咏怀

银杏如金枫似丹，故园一片彩霞间。
残荷清荡犹凌水，晓月晴空将落山。

黄菊地，碧云天，无边秋色炫人寰。
登高休叹繁霜鬓，且醉狂歌五柳前。

2018 年 10 月 27 日周六晨草于圆明园

钟振振教授点评：

　　此阕余最爱者，"银杏如金枫似丹"及"残荷清荡犹凌水、晓月晴空将落山"诸句也。前者清丽似韦端己，后者俊爽如辛稼轩矣。

周海龙先生点评：

　　秋兴八首词从各种不同角度描绘了绚丽的秋日景色，情景交融，乐观向上，表达了对生活的热爱和对大自然的赞美，以及深厚的家国情怀。时代不同，虽然与老杜不可同日与语，但两者就人文关怀和艺术手法而言，还是有很多契合与相通之处的。

钟家佐先生书

江合友教授点评：

　　八首皆抒秋日感兴，题材不同，大率以自然山水、家国情怀为主。秋景斑斓，冰心鉴照，两者遇合，便成佳篇。

38. 西江月·戊戌腊月二十八凌晨从广州飞三亚机上所见纪实

朗朗琼霄残月，茫茫云海晨光。

星辰渐渐失微芒，旭日彤彤踊上。

雾断山河邈邈，波翻思绪长长。

观音默默眺前方，信众殷殷祈望。

2019 年 2 月 2 日初稿

注：三亚南山景区有高 108 米的海上三面观音圣像。

叶嘉莹先生点评：

气象开阔。

梁东先生点评：

好！收尾尤佳！

郑欣淼先生（中华诗词学会名誉会长、原会长，故宫博物院原院长，文化部原副部长）点评：

风云跌宕。

林峰（香港）先生点评：

佳甚！

杜祥琬院士（中国工程院原副院长）点评：

思想性寓于写景！

莫真宝博士点评：

上片实景，下片实情、景真情真，叠词也好。

孔汝煌先生点评：

如水中印月，不是雾里看花，不隔。

谢和平院士（四川大学原校长）书（初稿）

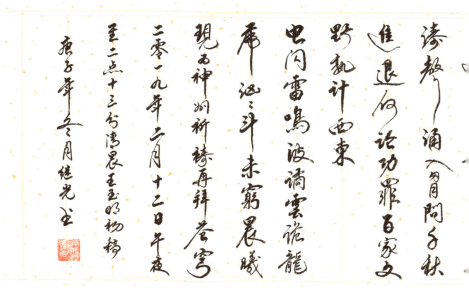

39. 沁园春·南海夜思
——依辛弃疾韵

脉脉斜晖，软软长滩，漠漠远峰。

且暂抛尘念，聆听海浪；稍平块垒，仰望星空。

斗转河倾，夜阑人静，肠断姮娥泣月宫。

销魂处，唤书生归去，耳畔清风。

枕边好梦无踪，恨不尽涛声涌入胸。

问千秋进退，何论功罪？百家文野，孰计西东？

电闪雷鸣，波谲云诡，龙虎汹汹斗未穷。

晨曦现，为神州祈祷，再拜苍穹。

2019 年 2 月 12 日至 13 日凌晨初稿

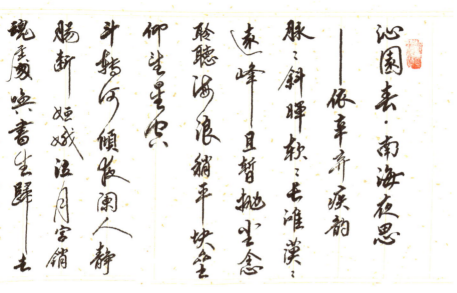

蒲继光先生（重庆市退休干部）书

周海龙先生点评：

　　此词风骨峭峻，章法严谨。天地古今，尽在眼底。领字及扇对，直撼胸臆，开阖有致。上片沉稳流畅，迫而不急；下片高屋建瓴，吞吐虹霓。结尾"晨曦现，为神州祈祷，再拜苍穹"，尤显赤子心胸，读来令人为其一振！

　　整首词气象开阔，感情真挚，情景交融，洵为力作。

江合友教授点评：

　　痴人夜思，风起云涌，壮哉此公！胸怀天下，品节凛凛，意在藻翰之外。

40. 摸鱼儿·屈原《九歌》读后感赋
——依辛弃疾韵

动心旌、九歌千古，至今余韵如缕。

洞庭波涌西风嫋，木叶落兮无数。

江畔伫，司命眺、湘妃魂魄归何路？

湘君不语，恨尽日愁思，凝成清泪，化作两丝雨。

惊山鬼，愉悦佳期恐误。芳馨窈窕人妒。

伤秋怕听秋风赋。脉脉云中君诉。

神女舞，巫峡里、幽兰杜若熏乡土。

相思最苦。望水渚伊人，东君河伯，皆有断肠处。

2019 年 2 月 22 日凌晨初稿

動心旌九歌千古至今餘韻
如縷洞庭波涌西陵鵑本
蕭蕭吾業數江畔伯司命
瞰湘妃魂魄歸依跡湘君
又諳恨臺日悲里凝成清淚
化作兩緣雨　鷺山鬼愉悅
佳期恐誤芳馨霧露寵人妒
傷秋帕純秋花矩脈三雲中
君祈神亞峽裏幽蕭
杜若蕙鄉士相里冢苦生水
渚伊人東君河伯皆有斷
揚靈

韜輝先生詞屈原九歌讀後
感炫調漮摸魚兒依辛棄疾韻

时新先生书

103

范诗银先生（中华诗词学会常务副会长）点评：

王院士这阕《摸鱼儿》，赋《九歌》读思，抒思古情怀，知屈原者当知其悲情所在，知稼轩者当知其激情所依。题材宏大，作来不易。高标在侧，超越亦难。

屈原《九歌》十一章，各章题目所涉神鬼九人。王院士词中具名者八人，只东皇太一未出现。这些神鬼，各有故事。知其名而思其实，敬之，叹之，嗟之，歌之；依其实而读王院士为赋之词，自有依依忧思，勃勃情愫。可知王院士对屈原及其笔下之神鬼，知之也深，写之也真，读之感人。

稼轩《摸鱼儿》自是千古名篇。上片尤佳，叹春、惜春、唤春、怨春，后人再无可着笔处。用其韵，自入其窠臼，出也难矣。十三韵脚，硬玉敲石，叩心穿肠。王院士第一韵赋笔提起，引神来鬼往，各展情态；笔墨简略，余味堪品。此为本阕词最为堪道处，亦是跳出稼轩韵窠臼处。有此成功一笔，遂使各韵皆有所安，通篇浑然一体。

敢写读《九歌》需要胆量，敢用稼轩名篇韵亦需胆量。王院士标先贤而自奋，让我敬佩。愿王院士攀登不已，以深湛学识与神来之笔，创作出堪与先贤比肩的传世之作。

江合友教授点评：

《九歌》不易读，读后不易写。此词意脉畅通，九歌境界连缀其间，古今对话，下笔有得。

41. 定风波·山桃
——用苏轼韵

诗里黄莺梦里声，烟花弥漫唤南行。
岂是当初千里马，微怕。
流年欺我鬓霜生。

香气时袭人已醒，清冷。
半轮明月探窗迎。
晓看山桃红艳处，寻去，
终身不弃共阴晴。

2019 年 3 月 17 日初稿

万俊人教授（清华大学人文学院院长，博导，文科资深教授）点评：

　　《定风波》棒极了，少有佳作！好词好心情！大赞！窃以为"流年欺我鬓霜生"句更妙，不知因何改之？"可惜……"句只有惜意，丢了"欺我"一词间轻绕悠长的长者豪迈与自信；心理学显示，当主体内生某种意识时，他或她其实已然产生或形成了理解或把握某种意识的心理力量。质言之，原句更有韵味和意味。

作者注：已经采纳了俊人教授的意见建议。

山桃
調寄定風波

詩裡黃鶯夢裏聲，煙笙彌漫嘯南汀。豈是當初千里馬，微怕，流年欺我鬢霜生。

香氣時襲人已醒，清泠，起來明月探窗迎。曉看山桃紅艷慶，尋太，終身不蕭共陰晴。

王玉明 并書

作者自书

42. 雨霖铃·己亥清明缅怀屈原
——用柳永韵

鹃啼悲切。

看繁花谢，夜永人歇。

潇湘望断无语，空添顶上，萧萧银发。

半闭蒙眬泪眼，尽低回凝噎。

念屈子、江畔行吟，水冷烟寒野空阔。

忠魂一去关山别。

又偏逢、细雨清明节。

公归邈邈星宿，朝彼岸、望穿云月。

古往今来，谁见、煌煌宝殿长设？

仰首叹、离恨悠悠，且任千秋说。

2019 年 4 月 3 日以飞行模式用手机草于机上

叶迪生先生点评：

你是大词家，在飞机上就能用柳永韵填好《雨霖铃》，令我万分佩服。尤其是"水冷烟寒野空阔"最美。整篇高雅动人，催人泪下。我觉得这首词是你近两年来最高的神品，可以与柳永的名篇媲美了。

钟振振教授点评：

越改越好了。

孔汝煌先生点评：

上下片结处关合，不留痕迹。

江合友教授点评：

本色之作，情绪盘旋，气脉通畅。

周海龙先生点评：

史笔如椽，慷慨悲歌。气势雄浑，寄意深远。全词豪放且高雅，曲折而委婉。读来令人荡气回肠，一唱三叹！

万俊人教授点评：

这首词妙极，我读了几遍！

殷凯教授（天津市第一中心医院主任医师）点评：

您知道，弟从年轻时起，背诵《离骚》用过不少功。前两年，还应邀在天津市楹联学会一次较大的活动中背诵过其中的一部分，时长七分钟左右，大体全诗的四分之一内容。有关纪念屈原的诗词作品，多年来我都置以关注，您的这首词，是弟见到的最具震撼力的诗词作品，令弟感慨不已。我现在就开始将其背诵下来，并像时常默诵《离骚》一样，用心去诵读她。

鷓啼悲切嘆桃花謝夜永人歇思鄉懷古無語

添吾鬢上蕭蕭銀鬚半開朦朧淚盡低迴凝

嘆念屈于江畔行吟水冷煙寒野空闊英雄

一去關山別又偏逢細雨清明節公題邀遊呈

宿朝波岸至穿雲月古注今來誰問金谷社稷

何設莫自作勝熱多情豈可憐君說

己亥清明緬懷屈原

調寄雨淋鈴用柳永韻

王玉明

作者自书

43. 桂枝香·梦游天山怀古
——依王安石韵

高原极目，见似海苍山，众巅争矗。

道道冰川如练，下穿深谷。

斜阳欲坠红霞涌，照峰峦、仿佛金镀。

白云飞过，罡风骤起，雪侵肌骨。

念人间、权钱竞逐。

看成败兴亡，轮回何速。

墨客骚人空作，黍离悲哭。

浩茫心事无言诉，最伤情、岂关红绿。

大河荒漠，阳关三叠，渭城遗曲。

2019 年 4 月 18 日草于纽约至北京机上

桂枝香·梦游天山怀古
——依王荆公韵

高原极目见似海苍山
众岭争巅首 三流川如
练六穿深谷
斜阳如坠 红霞涌照峰
恍惚佛 金铸白云飞出
罡风骤起雪侵肌骨念人
日板残亮处

尧来殷兴亡轮西何速 星
宽黩人心作泰高悬哭浩
浩心事岂言诉 最伤情
宜浦红绿大河荒汉阳
关三叠渭城遗曲

草于纽约王北京上
二零一九年四月十八日王志明

蒲继光先生书

周海龙先生点评:

大作乃词家史笔,意境深远,气势如虹,洵为难得之佳构!

仁兄此词、气势恢弘,意象雄阔,数经修改,已臻化境。奉一大赞!

孔汝煌先生点评:

高产,精品,井喷!

江合友教授点评:

依王荆公韵,不易为也。而能畅达如此,可谓举重若轻矣。

44. 八声甘州·成山头怀古
—— 用柳永韵

对茫茫大海碧云天，思绪越千秋。
见烟波浩渺，尘迷翠岸，雾失琼楼。
豪兴当歌对酒，未醉岂甘休。
情似黄河水，滚滚东流。

遥想秦皇帝业，遍九州尽扫，六合全收。
但时时忧虑，龙命怎长留。
遣方士、觅仙寻药，夜难眠、空自盼归舟。
凭谁叹、望蓬莱处，万古遗愁。

2019 年 5 月 16 日补记 5 月 11 日重游成山头时所见所感，
草于天津至北京汽车之上

叶迪生先生点评：

    王院士所填《雨霖铃》与《八声甘州》词，均用宋朝婉约派词家柳永原韵，而意境相反。全篇体现出对祖国山河的热爱，思接千载，心怀天下，如此美言佳句，竟都在旅途中、航机上、汽车上一气呵成，足见作者壮志豪情与根底之深。尤其《成山头怀古》，令人爱不释卷，感染力与穿透力是如此强大而动人心魄。作为科学家院士，竟在词章上登向高峰，令人敬服。

叶迪生先生书

莫真宝博士点评：

　　这是一首登临怀古之作。成山头，又称"天尽头"，矗立于山东威海荣成市成山镇，三面环海。史载此处是日神所居之地，秦始皇曾两次来到这里，祭祀日神，寻求不死之药。

　　上片从即目所见成山头海天交融、水汽弥漫的奇景写起，给我们展现了一幅壮阔而绮丽的画面。"对""见"二领字，层次清晰地界定出特定的时空。所谓"登山则情满于山，观海则意溢于海"。面对此景，自然生发出当歌对酒，以图一醉的豪迈与苍凉互相交织的情愫。海涛激荡起的壮志豪情，如滚滚黄河、流注千里；复如浩渺烟波，涵容万有。当此之时，把酒临风，一何壮哉！

　　下片远承"思绪越千秋"而来，由叙写眼前风景转入历史沉思，章法浑成。"遥想"二字领起自首句至"空自盼归舟"句，真气贯注，笔力雄厚。前三句概括秦始皇扫六合、一寰宇的历史。领字之下复有领字："但"字一转，打开了这位雄主忧虑生命短暂的微妙内心世界。如何解决这种时空无限而人生有限的矛盾呢？"遣"字以下四句所及，则是秦始皇因思而行。"空自"句，镜头在奉命入海寻觅不死之药的徐公与切盼徐公归帆的秦皇之间两两切换，从写法上来看，仿佛一组蒙太奇镜头。结尾三句由"凭"字领起，绾合开头，一"对"一"望"，遥相呼应，而渺渺之思，绵绵无尽。

　　此词即景怀古，于怀古之中，蕴含自我对生命的沉思。"万古遗愁"，不独始皇之愁也。同时，巧妙地运用大量领字，既符合《八声甘州》这个词牌的特征，又使全词显得层次清晰，章法井然。

45. 蝶恋花·三春晖

——应邀出席"叶嘉莹教授归国执教四十周年暨中华诗教国际学术研讨会"并欣逢教师节敬奉迦陵恩师

诗作灵魂词作质，纯洁芳馨，本性如兰芷。
百砺千磨心愈赤，痴情执教归桑梓。

道德文章传万世，十载为师[1]，予我凌云翅。
恩泽三春晖永志，韫辉吾号先生赐[2]。

2019年9月9日初稿于火车上，9月10日定稿于南开大学

注
[1]：我拜迦陵先生为师已经十载。
[2]：我的号"韫辉"乃迦陵恩师所赐。

韩倚云教授点评：

以"三春晖"为主题，表明了叶先生与词人的关系，同时，词人对叶先生的感恩之情不言而喻。前面三拍，写叶先生气质如兰的特质，四、五拍写叶先生心系桑梓，浓厚的家国情怀。过片写词人与叶先生十年来的交流与感悟，同时，也说明了词人谦逊之情。结拍表达词人对叶先生感恩之情，先生所赐"韫辉"之号，与词人的名字"玉明"相呼应，乃温润纯玉隐藏光辉之意，可见先生对弟子的厚爱与期待（叶先生对"韫辉"的解释是取自陆机《文赋》中的"石韫玉而生辉"）。整首词，不愧为词人之词，展现了词人的弱德之美，玉明院士从本质

上是一个词人，怀有一颗赤子之心。他饱含情怀，谦逊求学，过了古稀之年，仍以一个青年学者的心态行进在诗词之路上，不断攀登高峰。玉明院士乃机械学大专家，而为词，却能迅速转换角色，以一个纯正词人的特质出现。院士诗词乃当代一道美丽的风景，中国古代有"君王诗人""将相诗人""边塞诗人""宫廷诗人""山水诗人"等群体。却因科学发展缓慢，未出现"科学家诗人"或者"院士诗人"这一群体，因此，院士诗词便成了当代独有的特色，是以往任何朝代所不具备的，打上了当代独有的烙印。如同高适、岑参把诗词写向大漠边关，院士们以自己科学家的浓厚学养扩充了诗词的内涵、上升了诗词的哲学高度。那么，我们期待着玉明院士之大作能流传后世，不断影响后来的理工学者。

詩作靈魂詞佐質純潔

馨本心性如蘭芷百礪

千磨梓愈赤癡情傳教

歸桑載道德文章執萬

苙恩為師于我凌雲

翅恩澤三春暉永誌縕

輝吾號先生賜

敬贈迦陵恩師　調寄蝶戀花

二零二零年除夕王玉明并書

作者自书

46. 声声慢·灵岩山怀古

春秋史阅，试问吴王，当年可料惨灭？
玉殒香销空恨，馆娃宫阙。
歌台舞榭迹绝。
墨客吟、晓风残月。
叹往事，任人评、美艳复惊凄切。

只有灵岩山佛，看不尽、斜阳古今伤别。
暮鼓晨钟，更伴子规泣血。
茫茫太湖隐约，远涛声、夜夜听彻。
在碧落，想必是冰雪冷冽？

2019 年 10 月 19 日草于苏州灵岩山

孔汝煌先生点评：

　　李清照《声声慢》是她代表性名作，因其返回晚唐五代词的较为纯粹抒情写意，又区别于周邦彦的寄情于景的绵密微细，而以激情直叩读者心扉，且借景烘托，曲折回环地表达了个人的无边愁闷，映显了动乱时世中文化人的无奈痛苦，呈现明晰真切的个性格调而独步词林。

　　玉明兄依律和作，取了清照词以入声韵的急切激越之声调，回环曲折的笔致：上阕写吴王"馆娃宫中春已归"（李嘉佑），过片"只有灵岩山佛，看不尽、斜阳古今伤别"。紧接着"茫茫太湖隐约，远涛声、夜夜听彻"兴叹之后，一结"在碧落，想必是冰雪冷冽？"含蕴不尽，尤妙。因所咏题关兴亡，故词情传达上多取辛弃疾的《南乡子》"何处望神州"、《水龙吟》"把吴钩看了，栏杆拍遍，无人会、登临意"诸作的沉郁顿挫，兼采陈与义《临江仙》"古今多少事，渔唱起三更"的苍凉悲慨。玉明先生可谓善于推陈出新。

　　读玉明先生步韵前贤诸名作感言：步韵而不为原唱之词情所囿，若即若离而自铸新辞，另辟蹊径，甚难。如古来和陶诗者不知几多，虽东坡之才情，亦不能尽脱藩篱。玉明兄学古和作，志存高远，此境良非易到。

　　返本开新，先须继承，"原汁原味"片面，但切切实实学习经典，取法乎上是基础功夫。开新，继承而泥古是伪古典，开新而无师承，无源之水。玉明先生长调九阕为返本开新说做了诠释。

梁东先生点评：

　　慢词素有"赋余"一说，既铺陈其事，复以文采动人，"铺采摛文"是也。李清照之《声声慢·寻寻觅觅》足当其事。玉明先生善步前贤名作，辟径抒怀，著名诗家孔汝煌先生已有定评。灵岩山背负着数千年的历

春秋史阕试问吴王当年可
料惨灭玉殒香销空恨馆娃
宫阕歌台舞榭远绝墨客吟晚
风残月叹往事任人评美艳渡
莺凄切只有灵岩山佛看
不尽斜阳古今伤别暮鼓晨钟
更伴子规泣血茫茫太湖隐约逮
涛声夜夜听彻在碧落想必是
冰雪冷冽

馨辉先生词灵岩山怀古

词寄声声慢

时新书

时新先生书

史昭示，诗人至此，岂能止于慨叹以过，唏嘘而行?《声声慢》原曲调韵脚为平声，"寻寻觅觅"改用入声，已从凄婉走向凄切。玉明先生登灵岩山，正是取次李词激越回环之情，不囿于个人愁苦凄痛之心，而纵抒家国兴亡之情怀，以使情愈深，感愈切。王词以劈头一问领全篇，把情事提到极处，继而以虚拟之古洞、宫阙、歌台、舞榭之境遇相答。后人评说，不一而足。只有灵岩山佛，看得多了，洞察一切。数千年过去了，而今又待如何? 天下兴亡，匹夫有责，况诗人焉! 家国之志，子规之啼，尽在不言中矣!

120

47. 暗香·咏西施
——用姜夔韵

太湖夜色，蕴古今韵事，波心闻笛。

素手凝香，犹记寒梅共攀摘。

顾盼玉人脉脉，何必借、诗书文笔。

尽缱绻、笑靥如花，疏影映嘉席。

倾国，恨永寂。

叹艳枕梦惊，绮馆忧积。

别时暗泣，回首缠绵忍相忆？

吴越兴亡漫议，归去也、蠡湖澄碧。

更远泛、沧海外，或曾见得？

2019年10月20日草于苏州，
2020年11月2日再改于北京至成都飞机上

注：结尾一拍，据日本传说，西施最后到了那里。

詠西施　調寄暗香　用姜夔韻

聞苗素手，凝香猶記，寒梭借共　太湖夜色，蘊古今韻事波心
攀摘顧盼，玉人脈服何又花　詩書影映，文筆盡纏國恨笑
疏枕夢驚，嘉席館傾積別寂　艷回首，夢驚綺席館憂相憶吳暗歡
泣漫議歸去也，忍蠶相憶湖澄越興　亡泛滄海外，或曾見得碧更

詠西施　調寄暗香　用姜夔韻
二零二一年元旦書舊作　王玉明

作者自书

122

林峰先生（香港）点评：

玉明先生《暗香·咏西施》与白石《暗香》咏梅，虽题面不同而词情相似。美人与梅，自古缘深。纵观咏梅名句，尽管描其品之高洁，或状其色之艳丽，无不喻美人之高妙绝伦。故王词之咏西施与姜词之咏梅如出一辙。

白石咏梅两阕，自古奉为绝唱。

如今玉明词以暗香为题步白石，可见其词笔何其自信矣！且看：

王词破题，"太湖夜色，蕴古今韵事，波心闻笛"就与姜词"旧时月色，算几番照我，梅边闻笛"毫不逊色。王词其气纵横，其情激越。以太湖、古今、波心述尽时空；以夜色、韵事、笛声言尽情事，以毫无穿凿之境直步古今。

接着以"顾盼玉人"之"诗书文笔"婉转吟唱后，进入下片。

下片又以"倾国，恨永寂"这样惊人之音展开，直至煞阕数句"吴越兴亡漫议，归去也"唱尽"艳枕梦惊""别时暗泣"之"缠绵相忆"之情。最后以"更远泛、沧海外，或曾见得"之日本传说煞阕。以回应太湖夜色之古今韵事，令人回味无穷……

如今，吴越兴亡何处，蠡湖吊影犹存，真绝唱也！

48. 永遇乐·鲁迅故居感怀
——用辛弃疾韵

风雨如磐，冻云翻墨，魂魄何处？
一缕心香，九重夜色，彼岸扶摇去。
瑶台琼阁，芳莎玉树，豪杰神宫应住。
立寒宵、栏杆拍遍，俯看尘世龙虎。

权谋胜负，轮回无数，谁屑回眸一顾？
可叹黎元，浩茫心事，难觅桃源路。
暮秋萧瑟，雁声远逝，但听群鸦噪鼓。
悲凉问、轩辕荐血，昊天晓否？

2019 年 10 月初稿，2020 年 11 月 2 日修改于飞机之上。

注：鲁迅诗云："风雨如磐暗故园""心事浩茫连广宇""泪洒
崇陵噪暮鸦""我以我血荐轩辕"。

鲁迅故居感懷　調寄永遇樂用稼軒韻

二零二一年元旦書舊作

王玉明

風雨如磐，凍雲翻墨，魂魄阿誰搖盪。一縷縷心香，九重夜色，彼岸扶神看霜。太瑤臺立，瓊閣芳宵，莎玉欄杆豪傑。宮應住、瓊樓寒權，謀勝嘆黎元浩。

塵世龍虎，一宵謀路，可嘆黎元浩渺。誰肩回眸，一顧路可，嘆肩杆色。心事難覓桃源，顧路鴉暮噪。聲遠逝，但聽群鴉暮噪秋砧。軒轅荐血，昊天曉否，鼓悲簫瑟涼，問雁汍數。

韩倚云教授点评：

　　《永遇乐》这个词牌每三小句为一拍，共八拍。这阕词的逻辑脉络如下：

　　上半阕第一拍，从"风雨如磐"起步，以鲁迅"风雨如磐暗故园"之典故入手，写鲁迅逝世时所处之社会环境氛围。第二拍，从"一缕心香"开始，写鲁迅之逝世，其高贵的灵魂直上云天。第三拍，从"瑶台琼阁"开始，写鲁迅在天上所处之纯洁环境，以与下界之污秽环境形成鲜明对比。第四拍，以"立寒宵"起步，写鲁迅在天上"俯看"人世。

　　下半阕首拍和第二拍与上半阕末拍相呼应，分别写鲁迅"横眉冷对千夫指"和"俯首甘为孺子牛"的硬骨头精神，正如毛泽东所说的："鲁迅先生的骨头是最硬的，他没有丝毫的奴颜和媚骨"。"浩茫心事"引用鲁迅之诗句"浩茫心事连广宇"，表示他对黎民百姓的关怀。第三拍，"暮秋萧瑟……群鸦噪鼓"，进一步渲染他当时在天上感受到的人间氛围，并引用了他"泪洒崇陵噪暮鸦"的诗句表达他深切的人文关怀。最后一拍，以鲁迅"我以我血荐轩辕"的誓言总结概括他的赤子之心。

　　鲁迅精神，万古流芳。江河未改，青山依旧，那个年代已经过去了，当今时代，已有翻天覆地的变化。以当时的黑暗来反衬现在的光明，不忘有志之士付出的鲜血和生命。词人的反衬手法用得非常到位。

　　韫辉院士词，豪放处、气势雄浑，境界开阔，直干云天；婉约处，细腻如丝，穿透无声，直入心扉。难怪迦陵先生这样评述其弟子韫辉："你的成就，主要由于你禀赋有一种纯真的赤子之心"。这首词就体现了作者的家国情怀和赤子之心。

江合友教授点评：

　　难觅桃源路，心事浩茫，可叹可悲可悯可慨，故居驻足，当效皋羽，敲碎竹如意。

49. 浣溪沙（八首选一）

其八　岛居

避疫蜗居三亚湾，
面朝大海背依山。
夜观星斗昼观澜。

世上风雷犹入耳，
胸中潮汐未成眠。
人间哪有武陵源。

2020 年年初于三亚

曹辛华先生（中华诗词学会副会长）点评：

　　此词开头交代了因"避疫"而暂居三亚湾的背景，引用了海子"面朝大海"的诗句并加以扩展，描写了三亚湾面海背山、夜星昼澜的美景。过片"世上风雷犹入耳，胸中潮汐未成眠"则心忧世事，境界又高一筹。以"拈连"的巧妙修辞手法写心潮澎湃状。此词语言明白流畅，但意蕴深远。

周海龙先生：

《浣溪沙·岛居》，全词一气呵成，语言晓畅，清新自然，意蕴深沉。偶句"世上风雷犹入耳，胸中潮汐未成眠"，对仗工稳，气势如虹。家国情怀，跃然纸上。结句神来之笔，引人遐思，余味无穷。此词虽为小令，但小中见大，格调高雅，意蕴深远，气象雄阔，洵为佳构！

孔汝煌先生点评：

上片与结句似悖论，过片二句反接，整体结构如莫比乌斯带。有趣。

星汉教授点评：

好词！"人间哪有武陵源"是对"避疫蜗居三亚湾"之否定。眼见者星斗、海水，耳听者"世上风雷"。一词囊括"家事国事天下事"，足见作者之家国情怀。

钟家佐先生书

避疫蜗居三亚湾百朝

避疫蜗居三亚湾百朝
大海背依山夜观星斗
画观澜古上风雷犹入
耳胸中潮汐未成眠入
间哪有武陵源

岛居 调寄浣溪沙 王玉明 并书

避疫蜗居三亚湾而朝大海

作者自书

50. 寿楼春·中元节一日三度拜谒秋瑾女侠墓地雕像感怀
——依史达祖韵

秋湖芙蕖苍。拜桥边玉像，心镜如霜。

剑气遥凌寒月，蕴含阳刚。

三度谒、知情殇？

永夜忧、钱塘波狂。

赤县雨潇潇，先驱侠女，鲜血染红妆。

英雄去，哀思长。

听前朝怨曲，新世高腔。

傲骨西泠凄散，野坡悲凉。

飘僻壤，迁他乡。

幸得归、重瞻遗芳。

伴巾帼忠魂，孤山雪梅千古香。

注：2020年9月2日中元节，一日三次拜谒秋瑾像，感慨系之，不赋凭吊词一阕，难以释怀。9月3日草于返京机上。后经多位诗友切磋，修改之后，于2020年11月2日第十九次修改于飞机之上。

附 史达祖原玉

寿楼春·寻春服感念

裁春衫寻芳。记金刀素手，同在晴窗。几度因风残絮，照花斜阳。谁念我，今无裳？自少年、消磨疏狂。但听雨挑灯，皷床病酒，多梦睡时妆。

飞花去，良宵长。有丝阑旧曲，金谱新腔。最恨湘云人散，楚兰魂伤。身是客、愁为乡。算玉箫、犹逢韦郎。近寒食人家，相思未忘苹藻香。

王改正先生点评：

读玉明教授词，社稷家国之意深浓、不忘初心，不忘民族危难，方知当下之辉煌，前路之艰辛不易也！奉一大赞！

刘麒子先生（中华诗词学会原副会长）点评：

拜读欣赏，句里行间，情味甚浓。

田麦久先生（北京市人大常委会原副主任，教授，博导）点评：

玉明院士，从初稿至第十九稿，先生推敲切磋，精益求精，令人感动。其中尤以以下几处修改，我认为最为适宜，为作品增色多多。

◎伟像——玉像

◎暗夜中——永夜忧

◎鸡笼忧伤——野坡悲凉

◎心安儿郎——重瞻遗芳

◎青莲九州千载香——孤山雪梅千古香

余从中亦深受教益，谢谢院士！

叶迪生先生点评：

真高手也。下阕，令人朦胧，是姜夔柳永再现，还是义山情怀。当今化古为新，玩于心中者，实属不易。

秋湖美蘤蒼拜橋邊玉像心鏡如霜劍氣遙凌

寒了蘊含陽剛三度謁知情鵑錢塘渡狂赤縣馮瀟

瀟先驅俠女鮮血染紅妝英雄志哀思長難芳好怒

曲新世高胝傲骨西泠淒散野渡烈涼飄佛壤他鄉幸

得歸重瞻遺芳伴巾幗忠魂孫山雪梅千古彔

鬌橋春詞·閣玉玉明院古仿赳　庚子中元節此杭州一日三度拜謁秋瑾女俠墓地雕像感懷塗書

庚子仲冬十一月穀旦主於汕頭新盦吟舍南橋　劉麒子識

刘麒子先生书

叶迪生先生书

孔汝煌先生点评:

真乃呕心沥血!

江合友教授点评:

此调多拗句,不易作也。而能驰骋笔墨,发于希慕,感慨遥深。是一炷心香,献于鉴湖女侠墓前。渴仰之情,溢于篇章之外。傲骨遗芳,巾帼忠魂,宜其感动人心也。

51. 鹧鸪天·庚子小雪读稼轩词遣怀

木叶萧萧雪又回，西山苍柏泛银辉。
少年天姥犹留梦，耄耋桃源未得归。

伤逝水，恋春晖，落红无数挽芳菲。
挑灯看剑豪情在，灯火阑珊曙色微。

2020 年 11 月 22 日

注：上阕引李白《梦游天姥吟留别》和陶渊明《桃花源记》，下阕引稼轩《摸鱼儿》《破阵子》和《青玉案》，没有艰深的典故。

孔汝煌先生点评：

小词大佳。寄壮怀于幽微。

叶迪生先生点评：

下阕更好。

木葉蕭蕭雪又回西山舊
柏汪銀輝少丰天姥猶鳴
夢耄臺桃源未得歸傷逝
水戀春暉落紅無數挽芳
菲挑燈看劍豪情在燈火
闌珊曙色微

庚子小雪讀稼軒詞感懷　調寄鷓鴣天
二零二一年一月二日書近作於清華園
王玉明

作者自书

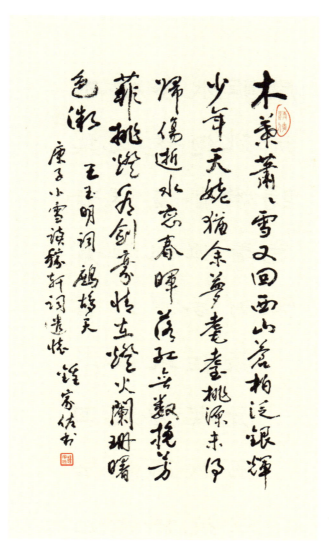

钟家佐先生书
（初稿）

郑伯农先生点评：

　　读咏稼轩的《鹧鸪天》，十分高兴。此词是您创作风格的新拓展。科学家不仅关心自然，也关心人文。充满着大气、正气，灵动而深情。此作使我想起兄于1976年"四五"悼念周总理的力作。

52. 行香子·八十岁登七仙岭咏怀

久慕芳名，今探仙踪。
力攀登、敢效孩童。
荡胸云雾，掠耳松风。
幻梦中宫，宫中影，影中鸿。

心仪绝顶，谁信痴翁？
杖朝犹、山海情钟。
晴波澄碧，峻岭青葱。
更一峰尖，七峰峭，五峰雄。

2021 年 3 月 2 日晨补记前一天登山所见所感

注：最末一拍之"一峰"指尖峰岭，"七峰"指七仙岭，"五峰"
指五指山，均系海南岛著名山峰。

孔汝煌先生点评：

此词境界开阔，活力弥漫。荡胸掠耳是身所感受，晴波峻岭乃俯
视远眺；效孩童，信痴翁，前后呼应，雀跃鹤欣、情态毕现。在表达上，
上下片四字句凡四个对仗，玉润珠圆，流走畅达。上片歇拍既用常见
的重字法，更用顶针句法，见出诗者刻意求生新之用心。全词紧扣题

目，下片结拍扩展视野至琼岛诸名山，一斑全豹，详略有致。写景如此，堪为后学者范。

江合友教授点评：

登山观海，情意满溢。风景秀美，以鹤发童颜之眼赏之，尤见相宜之趣。歇拍三个"白"，结拍三个"峰"，畅达流丽，相得益彰，堪称点睛之笔。

作者自书

于学林（天津市高新区原副主任）绘画：《张家界御笔峰》

对诗词的综合点评

叶嘉莹先生点评：

"你在本质上是一位真正的诗人。"

"你是一位不失赤子之心的真正的诗人。"

"你写诗是诗，填词是词，度曲是曲，诗、词、曲都很好。"

"你是从我学诗之人中成就最大的。"

"古语有云'师父领进门，修行在各人'。你的成就，主要由于你禀赋有一种纯真的赤子之心。这不是老师所能教出来的。"

"我觉得，跟我学诗的人里面，你是最热心也最有成就的。我常常说，诗人不失赤子之心，我觉得你的特色就是不失赤子之心。所以我很高兴有你这样有成就的学生。"

"你的诗思真是敏捷，你的诗越作越好了，越作越多了。"

"你是多方面的才华，字也写的很好。"

"我觉得你作为一个诗人，真是不失赤子之心。这个是绝对的真实。你这个人就是非常纯真，而且易于被外界的情事景物所感发。你本身是诗人的气质。你在本质上就是诗人。"

"大作功力日进。获得诸位方家赞赏。佛家所谓'功不唐捐'也。"

"你的书法也极有可观。真是博学多能。"

"诗人者不失其赤子之心者也。"（为本书所题之词）

丘成桐院士（哈佛大学、清华大学教授，美国科学院院士，中国科学院外籍院士）点评：

"绝妙好词。"

"读先生诗词，真如天风海雨、自然清新！……先生诗词，亦有奇气！盖存赤子之心，得与天地交也。"

"玉明兄：每次读到你寄来的诗词，都深有感触，愈写愈好，直追唐宋！科学家在中国古典文学用力之深，以足下为最！近年来读王国维之词，没有想到他写下不少艳词，未知是否妻子早逝之故。好的文学作品，必要有所感触，引发读者共鸣！"

"足下诗词，不独唯美，已经情文并茂，动人心弦矣！可以比美柳苏。""玉明先生送四幅字，字好词美，优雅绝俗，感激不尽！""林（峰）诗（指香港林峰先生和我的《荷塘幽思》之"春思"）如黄仲则，贫困悲愁，使人心哀。足下则比较富贵矣。你们的诗，我都佩服。文武双全，可喜可贺！"

"足下高风亮节。文化水平极高，对科研有极大影响！"

"流水高山，知音确是难觅。"

"词美、字美。"

谢克昌院士（中国工程院原副院长）点评：

"天道酬勤，众望所归、热烈祝贺！"

"学者浩气，院士楷模。苍穹赤子，诗词大家。"

"玉明院士乃集科研、教学、诗词、书法、摄影于一身，法自然、持正义、扬正气、诵真情、韫春晖之大家！佩服、佩服！"

秦伯益院士（中国工程院原学部主任，解放军医学科学院原院长）点评：

"丘成桐先生的评价很高啊！不简单。这些年你是下了不小的功夫。不仅声韵辨得很准确清楚，而且内涵也增加了生活和哲理。非常难得。现在科技界缺乏文学涵养的原因在于现在教育太过功利，缺乏人文教育，少了真善美的追求。长此以往，我为民族素质担忧。"

"祝贺你各方面取得的巨大成就！你的一生太有价值了。相信你的老年还会有更精彩的人生华章。"

杜祥琬院士点评：

"非常赞成丘成桐先生的评价和伯益兄的点评！钦佩玉明！"

叶迪生先生点评：

"玉明院士，我们相识相交快二十年了。相识之缘起，就是因为读了你的诗词名句。你是学识卓越的院士，诗词雅韵却如此传神，思维敏捷，出句惊人，令人沉思，感人肺腑。既有苏辛的豪放，又含柳秦的婉约，因景因情而异，但总是真情的外溢。二十年来，我惊异你卓越的提升，对词谱如此熟练的把握，许多名词竟在飞机中诞生出来，如此出类拔萃。遣词造句，上追唐宋。更重要的是人品高尚，不随波逐流，李白遗风，令人敬仰。你是人格高尚、才华深邃的典范，是真善美的传播者。"

"你的词好，在意境、声调、韵律、用典、遣词、节奏、声势、幻景与感情方面让读者共鸣。尤其运用词谱，已经烂熟到出神入化了。长调者专选古名贤韵而无逊色，令人佩服也。"

霍松林先生点评：

"细读院士的诗词，佳篇佳句美不胜收，意象的瑰丽多彩，比喻的新奇警策，词采的丰赡、声律的谐协，使我们在感到风物美人情美语言美的同时，也为一颗爱美的赤诚之心深深感动。一切都是缘于美的感召、美的映射，表现在院士的创作中，便是一种写景抒情都具有十分浓烈美感的个人独特风格。"

郑伯农先生点评并惠赠诗和对联：

"我想借用杜甫的四个字："清新''俊逸'，这大概就是王玉明诗歌的风格。或者说，王玉明的诗是三个'清'字：清新、清秀、清幽。他长期生活在燕赵地区，但他的风格不是慷慨悲歌，呼啸呐喊。作为科学家，他的拼搏疆场在自然科学领域，诗歌不是他拼搏的领域，而是他寄情和放情的港湾。……所以他的诗更多的是写山水、写风景。但这不是纯粹的闲适诗，这些诗从一个平凡的侧面体现了一个科学家的心态和人生追求，也体现了他对和谐世界的美好憧憬和独特感悟。"

"学兼文理工，名园出栋材，久期科技兴邦，攻关夺隘倾全力；诗继谢王孟，妙笔生佳句，喜看风骚逐梦，悦耳清心传四方。"

"艺贯诗书影，学兼文理工。

发苍心未老，耄耋上新峰。"

郑欣淼先生点评：

"玉明先生自述 1962 年春天在清华大学读书时尝试写格律诗，屈指算来，与诗词相伴已经超过半个世纪的风雨时光。先生曾亲身参加'四五'运动，在《天安门诗抄》留下动人的篇章。近年更得叶嘉莹方家指点，诗词作品缤纷绚烂，更臻新境。玉明先生能够在紧张的科研之余坚持诗词创作，科学与人文并重，流体密封与推词敲句齐行，悠然出入于文理之间，遨游于形象思维与逻辑思维的双重世界，且能做到相融相促、相激相进，殊为难得。这些诗词跨越时空，列阵而来，不仅是玉明先生本人的生活记录、情感抒发，还包括了他对于宇宙和人生的诗意的审美式把握，具有深刻的哲学思考意味。他对'纯洁、纯真'的重视，对真善美的追求，都是令人深切感动的。"

梁东先生点评并惠赠和诗：

"感谢多次发来大作，目不暇接，玉盘落珠之声不断！兄于科技重任之余，又在诗书影诸多方面有骄人成果。固然得益于叶嘉莹先生之指导，然若无虔心'修行'焉成正果？我又一次想起钱学森先生的'大成智慧教育思想'和杨叔子先生关于'科学与人文相融成绿'的论述，他们都主张科技与人文'联姻'，培育创新型人才。你的实践有重大意义。祝君破浪前行，拾级而上！"

"玉明老友，欣悉大著第四本诗集行将付梓，我因腰疾不能应邀作书恭逢盛事，甚感歉疚！你为《水木清华眷念》即将付梓而写的诗，平实而含义良深，敬和之。"

"堪夸往往不需夸，科技人文并蒂花。

月色荷塘清丽影，遥天嫦五即还家！"

林峰先生（香港）点评：

"像先生这样认真为诗者已不多矣！先生诗词经过认真千改，无疑已越改越传神！林峰十分钦敬先生的作诗精神！"

"以大家词笔步古人名著，已是罕见。步得如此出神入化更是难求。何况又得名家精辟点评，自当传世矣！"

李文朝先生（中华诗词学会原常务副会长，少将军衔）点评：

"王玉明同志以院士的睿智和诗人的浪漫，诗化了自己的科技人生。他是'求正容变'创作原则的成功实践者。他的诗词作品题材内容广博、情真、意远、味厚。他努力实现传统诗词与自由体诗两栖，继承与创新两栖，旧韵与新韵两栖，形成了自己既严谨又灵活的创作风格。总体看来，他的诗风清新淡雅、自然天成，明白晓畅、通俗易懂，没有矫揉造作、佶聱艰涩之感，因而更便于反映时代，走向大众。"

范诗银先生点评：

"王玉明院士的诗词，是正雅之声，开怀豁目，聚人文情怀与科学追求于一诗一词一曲，给人以感发的力量与韵美的享受。"

"王院士对诗词事业敬畏执着的精神，对诗词作品刻意求精的态度，对诗词美雅特质独具个性的感悟，着实让人佩服、感动和羡慕。"

"《心如秋水水如天》诗集中的作品，宏阔而不乏细腻，豪放兼有婉约。尤其用作书名的这句诗，自是名句矣！"

"以上是我参加清华大学荷塘诗社成立十周年纪念暨《荷声诗韵》《韫辉诗词百首》首发式上发言时讲的。"

"2021 年 1 月是王院士八十大寿，我选词牌《国香》，对王院士在音乐、歌词、书法、摄影，当然主要还是在诗词等方面所取得的成就，用词的语言予以评赞：'口哨清音。唤云翻玉宇，风鼓梧琴。那词那乒填就，已寄微忱。饱蘸徽州旧墨，更悬毫、纸背情深。行行数番读，梦笔生花，尤羡澄襟。何须谈事业，有孤门绝技，自古难寻。谦谦夫子，早把天下登临。捧过松枝一束，为先生、寿酒还斟。荷塘掬止水，月影眉弯，几寸诗心。'这是我真实的想法，真挚的情感。愿王玉明院士诗春常驻，健康长寿！"

刘麒子先生点评：

"先生词见功力，亦蕴深心，殊为可敬！"

"妙韵清声，盛世佳作。科技界名人，于吟坛有此成就，确是难得。"

张桂兴先生（中华诗词学会原副会长，北京诗词学会原会长）点评：

"王老师诗风严谨，虚怀若谷，清雅如兰。"

王改正先生点评：

"读玉明教授诗词，音容笑貌在眼，人格才华感人。先生佳制，名家点评，……可赏可学可诵，是当代院士诗家之楷模也！奉一大赞！"

"玉明教授人格才华都是楷模，令人景仰！"

"玉明教授是全才！高才！奇才！令人仰慕不已也！"

田麦久先生点评：

"王玉明院士九首长调承中华文明，蕴浩然大气，读来不忍释手，实传世之佳作，令人敬佩有加。更折服于院士文化积淀之深厚，艺术思维之开阔，词韵功力之遒劲。"

时新先生点评：

"王玉明先生学有专深，文有修养，故其诗也，律精而识高，情真而意深。相交多年，诚为挚友，更为诗朋！"

孔汝煌先生点评：

"精诚所至，金石为开。科技界诗词的高峰。""德艺双馨，德才兼备，科技诗词，相得益彰。"

"韫辉先生精力过人，认真过人，成就过人，这自然不过。"

周海龙先生点评并惠赠楹联和诗：

"'传世之作，好评如潮！'敬撰一联，赞王兄近作：

龙蛇奔毫端，大气磅礴，立意高远，畅摅家国蓄念，名篇可传世；

波澜掀笔底，汪洋恣肆，构思精妙，倾诉赤子衷肠，佳作堪击节。"

"杖朝华诞祝诗翁，韫玉山辉素志雄。

绝顶精工报家国，一身正气守丹衷。

镜头掠得风光美，佳句吟成化境通。

仁者从来天眷顾，期颐可待乐融融。"

江合友教授点评并惠赠诗：

"韫辉公以赤诚行于篇章，故能感动人心。尤擅于词，于调体特点，熟稔于心，染翰即成佳篇，不避僻涩，在今词手，不可多得。"

"拜诵韫辉诗文作品四十八首有作

诗心同理性，仁者得其兼。

造境非凡有，填词大雅添。

高吟情感动，细品意沉潜。

无限清辉韫，松风岱岳尖。"

"空谷流音。正荷塘对月，泽畔行吟。珠玑玉盘倾倒，一片丹心。骋笔横生万感，忆前事、草暗花深。屐痕遍寰宇，摄影含光，触处生春。

雄图驱已就，更偕游艺海，远道追寻。巍峨东岱，满鬓霜发登临。水木清华弥望，尚依依、鼓奏鸣琴。诗书久盈案，此刻怡然，寿曲歌云。"
（调寄《国香》）

曹初阳先生点评：

"本选萃（《王玉明院士诗词曲（兼书画摄影）作品选萃》）的下半部分（词曲）有两个突出亮点：

其一，处女作小令清新朗健，意气风发，不求工而自工，天赋灵根。半个世纪以后被诗词大家叶嘉莹先生标识为'佳作'，令人惊喜！

其二，长调沉郁顿挫，回环跌宕，格高意丰，余韵远致，非大师不为也。"

孙明君教授赠诗：

密封流体立奇功，

格物通微物理穷。

追步彩云游五岳，

吟讴风雅一诗翁。

刘石教授赠诗：

口占一首以谢韫辉院士惠示大作：

忆昔老杜言，敏捷诗千首。

移以论韫公，未知然与否。

足迹遍七洲，诗材随处有。

国是与民艰，秋风兼春柳。

状若不经心，斟酌不偷苟。

虽无颌下须，叩遍圈中友。

倾蒙惠新篇，字字蛟龙走。

所以叶迦陵，赞叹不绝口。

方知科学家，诗中斫轮手！

學薰文理工名園出棟材久期科技興邦

攻關奪隘傾全力

詩繼謝王孟妙筆生佳句喜看風騷逐夢

悅耳清心傳四方

鄭伯農先生聯迎清華一百一十周年校慶寄王玉明院士 庚子冬 韓倚雲敬書

韩倚云教授书《郑伯农先生联迎清华一百一十周年校庆寄王玉明院士》

黄小甜（中华诗词学会常务理事，副秘书长）绘画：《家山》

新体诗十首

南极——冰雪晶莹

1. 礼赞

旭日　我礼赞
你笑靥的明丽
你云裳的烂漫
你暖意的融融
你赤心的拳拳

秋湖　我礼赞
你纯真的透明
你温柔的蔚蓝
你睿智的深邃
你幽怨的漪涟

深山　我礼赞
你幽兰的芳馨
你流莺的婉转
你佳木的葱葱
你清泉的涓涓

大海　我礼赞
你月夜的珠泪

你神秘的波澜
你生命的律动
你永恒的辽远

王冰先生点评：

　　此诗诗意开阔，兼有新诗之自由和古诗之韵律，其中旭日的明丽和暖意、秋湖的纯真与深邃，深山的芳馨与郁葱、大海的神秘与辽远，何尝不是诗人自己的写照呢？此诗所蕴含的诗意本就是诗人的真心性吧。

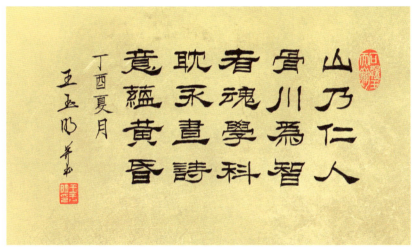

作者自书

2. 乡愁

耳边
　　回响着
　　　　陇头的
　　　　　　流水
思绪
　　散入了
　　　　苍茫的
　　　　　　暮色
乡愁
　　融入了
　　　　静谧的
　　　　　　秋原
心头
　　未曾泯
　　　　希望的
　　　　　　灯火

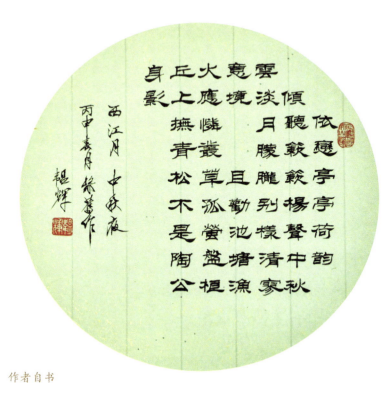

作者自书

王冰先生点评：

　　玉明先生作诗，自由洒脱，将诗歌的形式进行合理化的设计，将悠长的乡愁在形式上做了形象化的处理，由此，此种形式便成了此首诗歌的有机组成部分，将诗人心底如同流水的乡愁做了更大化的展示。

3. 梦

为什么频频催动
我已经冬眠的诗兴
你乍暖还寒的梦

梦虽醒了
醒着犹梦
燃烧着
团团簇簇无叶的花
闪动着
摇曳多姿未逝的影

眼前一丛生机勃勃的
芳草
可望而又可即的
天涯梦
幻出
绿的慰藉
黄的惆怅
红的憧憬

作者自书

作者自书

王冰先生点评:

    此诗颇有庄周梦蝶之意。春天本来就是一个梦境开启的季节,充盈着无限的希望,诗人在这样如梦的季节睡梦乍醒,看到了春天梦一样的美丽情景,那是团团簇簇无叶的花,更是一丛丛焕发着生机的无限希望。

4. 夜空

仰望夜空，
醉眼蒙眬。
寂寥吧，
孤月？
凄清吗，
疏星？
聊寄我
一丝暖意，
且慰你
茫茫宇宙，
踽踽独行。

王冰先生点评：

　　作为科学家的玉明先生肯定会不断地仰望星空，真实的星空寂寥
无限，科学的星空美丽无限，一人在科学的原野上独行，哪里去寻找
一丝暖意？也许只能是心底对于科学的热爱，对于世界的热爱，对人
的热爱吧。

冰岛——北极光

5. 葬鸟

清晨，我和妻
向窗外张望，
无意间看见
一只山雀
死于地上。
雨，开始下，
风，有点儿凉。
心，微微地痛，
情，淡淡地伤。
是病死？
是他伤？
是生存的竞争？
是自然的死亡？

啊啊，看到了
你颈部的伤，
你的血已流光，
你的尸体已僵。
想必你也
有过快乐，

有过歌唱，
有过饥渴，
有过寒凉，
有过期盼，
有过梦想。
此刻不知
你的魂灵
飘向何方。

你的身体
不该这般暴露，
让我用怜惜的手
将你埋葬。
在我的窗前，
在法桐树旁。
愿你的灵魂安息，
愿你的灵魂飞翔，
飞向光明，
飞向天堂。
然后升华，
然后凝聚，
来世里
成为凤凰。

庚子于全球泛疫炎冤，魂遍地一何哀春雷，指日镇妖霾灰鼠已，随流水去青牛方趁，曙光来心花顾共，卷开百趁已

新春期盼 调寄浣溪沙 辛五元月初三 韫辉

作者自书

王冰先生点评：

　　此诗可见玉明先生的慈悲之心也。而对于世界的慈悲与友善，就是人立于世界、高于万物的最主要的标志之一吧，这使得读者不由得再次去思考人对于世界的态度，世界的美好，本就来自于人心的美好。

6. 我爱您，父亲！（无韵诗）
——先父辞世三周年祭

含辛茹苦育子成才无私奉献与日月同辉的先父，
我爱你！

幼年丧母之后协助父亲扶持弟妹的姐姐，
奋发图强事业有成的弟弟，
运气欠佳但仍自强不息的妹妹，
敦厚贤惠助我成功的妻子，
善良纯洁的女儿，
曾给先父热情关照的亲友，
曾给我巨大帮助和诚挚友谊的师友，
我爱你！

推动人类社会进步的科学家和发明家，
启迪人们心智和良知的哲人，
以其佳作使我共鸣的古今中外的诗人和乐人，
我爱你！

雄伟壮观神奇秀丽令我陶醉的大自然，
孕育从原始生命到智慧生物的地球，
以恰如其分的能量施惠于地球的太阳，

以如水的清辉沁人心脾撩人乡愁惹人相思的月亮，

以金黄银白暗红幽蓝的神秘闪光令人遐思的群星，

浩瀚瑰丽的银河系，

从"无"而生正在膨胀不知归宿的宇宙，

在我们这个宇宙之外不知是否还有的其他宇宙，

不明究竟的暗物质和暗能量，

不知究竟有无居于何处的造物主，

一切的有一切的无一切的一切，

我爱你！

爱你啊爱你，

恩重如山的先父

我爱你！

2002 年 11 月 24 日（农历十月二十日）

注：该诗发表在《天津日报》上，获"亲情、友情、爱情诗歌大赛"优秀作品奖。

王冰先生点评：

父亲如山，对于每个人都是一样的。在个人的成长过程中，每个人的身上无不具有自己父亲的影子，自己将来的样子就是现在父亲的模样，玉明先生如此深情地怀念父亲，颇让人动容。

166

日照金山——梅里雪山缅茨姆峰

7. 偶悟（无韵诗）

饿了的时候
每一口饭
都是
佳肴

渴了的时候
每一口水
都是
甘露

热了的时候
每一缕风
都是
清凉

冷了的时候
每一星火
都是
温暖

失败的时候

每一句鼓励

都是

力量

成功的时候

每一个微笑

都是

善良

漫步海滩的时候

每一声波涛

都是

倾诉

仰望星空的时候

每一闪光芒

都是

遐思

2020 年 5 月 20 日偶悟于打乒乓球中间乘凉饮水之时，5 月 21 日修改定稿

叶嘉莹先生点评：

你是个诗人，所以处处都是灵感。

王冰先生点评：

嘉莹先生所谈甚是，赞。

8. 听莫扎特《安魂曲》之后的随想

那男女声优美的重唱与合唱，
那时雄时柔时急时缓的歌声，
我虽然听不懂一句歌词，
但却这样深深地被感动。

我如饥似渴如醉如痴，
一遍又一遍地聆听。
我的心灵为之净化，
我的心弦与之共鸣。

仿佛听到
天帝的洪音，
天使的长吟，
沙漠的驼铃，
教堂的晚钟，
秋风的怒号，
海涛的汹涌，
感人肺腑的诗章，
柔情似水的歌声。

仿佛看到

百万大军的呐喊，

金戈铁马的奔腾，

排山倒海的风暴，

雨过天晴的彩虹。

仿佛感到

初恋者的甜与涩，

相思人的痴与钟，

书生的荣与辱，

英雄的死与生，

暴君的骄与酷，

百姓的奴与穷。

仿佛有人感叹

屈子行吟的悲愤，

太白咏月的幽情，

老杜悯人的愁苦，

小李无题的朦胧，

达·芬奇全才的奇迹，

普希金浪漫的宿命。

仿佛重温

大漠苦行的焦渴，

小园秋思的清梦，

南极——晨山竞秀

暮降关山月霞生天海阳的壮丽，
雪映天光澈冰辉月影圆的宁静，
人间净土喀纳斯的纯洁，
雅鲁藏布大峡谷的神圣。

仿佛滋润着无声的春雨，
仿佛沐浴着和煦的春风，
我的心田充满了欢乐和幸福，
洋溢着亲情友情和爱情。
天地间到处是真善美的精灵，

假恶丑都将消失得无影无踪。

音乐尚未入门，
宗教几乎不懂，
但我酷爱莫扎特的《安魂曲》
和贝多芬的《欢乐颂》。
这神圣的音乐使我陶醉，
使我动情，
薄薄的清泪时时浸润
但却从未模糊我的双瞳。
仿佛黑夜天空亮晶晶的星
和路边光闪闪的灯，
给我光明给我希望，
给我安慰给我憧憬……

王冰先生点评：

　　玉明先生听莫扎特《安魂曲》，是用自己的灵魂去听的，是用了平生几十年修炼的悟力去感知的，里面的平静如流水、翻腾如海浪，里面的焦渴与希望，应该都是先生自己的经历吧。

9. 坚强的脊梁^{（散文诗）}
——赞青岛石老人

  赴青岛开会，我忙里偷闲，去拜谒仰慕已久的石老人。十多年前在去崂山的途中，我偶然发现海滨巍然屹立着一尊人形巨石，其形象的生动逼真令我惊叹不已。经向人请教，方知他叫做石老人。我当时便萌发了有朝一日来此一游的心愿，今天终于如愿以偿了。

  石老人距海岸有七八十米远，退潮时人可以走到他的身边去。我来时已经开始涨潮，但我还是尽可能地往前走，靠近些，再靠近些。

  我站在礁石上，在交响诗般的涛声中静下心来，开始仔细地端详石老人。

  石老人，你磐石端坐，胸膛坚挺，头颅高昂；你长发及肩，眉毛浓密，嘴唇微张；你眸子深邃，目光炯炯，直视前方。我深深地被你的目光打动了，禁不住心潮澎湃，热泪盈眶。一对年轻人走过来，我扭过头去，免得他们笑我"神经"。——"知我者谓我心忧，不知我者谓我何求，悠悠苍天，此何人哉！"

  石老人，你非佛非仙，非神非圣，你只是一个人，一个石化的老人，一个普普通通的人，一个实实在在的人。你是渔者、樵者、耕者、牧者，你是卫者、工者、学者、吟者……（不管在民间传说中你的身份如何）你是中国老百姓的化身，尽管你的头上没有五色光环。

  石老人，你饱经风雨，历尽沧桑。不管身上斑驳的伤痕来自

阿根廷冰川国家公园内的莫雷诺冰川

尼泊尔鱼尾峰

洋人的洋炮，抑或土匪的土枪，你始终处变不惊，稳如泰山，气宇轩昂。退潮时你连着陆地，涨潮时你端坐海洋。你背后的礁石连成一线，接着丘陵、山岗、平原、高原，一直连着昆仑——华夏的脊梁。

石老人，你并非只有渔者、耕者的务实，没有学者、吟者的浪漫，不然你怎么会选择这山连海、海连天的壮丽的大自然环境来石化呢？你的眼前，有朝潮朝落的碧海，有长长长消的白云，有朝晖、晚霞，有明月、星光；你的耳边，有渔舟唱晚，有鲛人夜吟，有微波细雨，有洪涛交响。

石老人，我确确实实被你打动了，甚至不再顾及别人的误解，任泪水在脸上流淌……

我静静地坐在一块大礁石上沉思，早已过了"知天命"之年的我，何以如此多情地"念天地之悠悠，独怆然而涕下"呢？这也许与我近来的际遇有关吧。我在科技园地耕耘了三十多个春秋，"三十功名尘与土，八千里路云和月"，眼下正面临着严峻的挑战。

潮水在涨，潮水在涨……

在归途的汽车上，我频频回首，遥望石老人逐渐模糊的身影，心中默默地礼赞他那深邃的眸子，炯炯的目光，高昂的头颅和坚强的脊梁。

1996 年 5 月作于青岛，该文发表于《科学中国人》20013 年 11 月封底。

王冰先生点评：

玉明先生科学为专，古诗、新诗、摄影兼具其能，先生得其四者，令人羡煞也！

10. 自题幽兰泣露小照

如怨如慕
如泣如诉
这淡雅的素兰
噙着的
是甘露还是泪珠
也许
泪珠就是甘露
甘露就是泪珠

古往今来
几多甘苦
锦瑟无题
义山如幽兰泣露
登高秋兴
子美为家国歌哭
更有那
离骚天问
灵均对汨罗悲呼

君自

天庭九畹

深山空谷

做客案头

气息馨香似缕

花姿曼妙如舞

叶子修长墨绿

茎上沧海鲛珠

脉脉兮情思何寄

幽幽兮留影存书

2021 年 4 月 9 日清晨初稿，4 月 13 日凌晨再次修改，4 月 16 日定稿

注：

①：所咏之兰为蕙兰名品"温州素兰"，这种兰的露滴最多。据说是朱德总司令的最爱。

②：采纳了诗友的建议，将原来开头的"你看"二字删除，并新加上了两句："如怨如慕，如泣如诉"（引自苏东坡《前赤壁赋》）。

包岩女士（中华诗词学会副会长兼女子诗词工委会主任）点评：

"锦瑟无题

义山如幽兰泣露

登高秋兴

子美为家国歌哭

离骚天问

灵均对汨罗悲呼"

春兰泣露引发诗人思古怀今，既有哲学的思考，亦有深情的阐发。

写新诗而有古意，用典多而自然天成，甚感钦佩。

王革华教授（清华大学荷塘诗社副社长兼秘书长）点评：

"泪珠就是甘露，甘露就是泪珠"，哲理，佳句！

龚宏女士（中国石化教授级高级工程师，清华校友）点评：

深深感动，被您的至真深情！您写新体诗也是高手！之前您在《听莫扎特＜安魂曲＞之后的随想》中写过老杜和小李："老杜悯人的愁苦，小李无题的朦胧。"今有"义山如幽兰泣露"，"子美为家国歌哭"，"灵均对汨罗悲呼"，先生忧国忧民的大家情怀从未改变！

有幸见证了您对一首诗的反复打磨推敲的过程！好诗就是这样诞生的和流传的。

赵洪教授（清华大学艺术教育中心主任）点评：

细腻之中有格局。

喀纳斯雨后秋山

孔汝煌先生点评：

人兰合一，物我无对。

黄小甜女士点评：

恣情雅室存高洁，

敧枕庄周今梦兰。

物我两忘。

星汉教授点评：

一腔幽绪，绾合古今。

吴全兰女士（广西师范大学教授，中华诗词学会高校诗词工委会委员）点评：

先生把自己的精神融入幽兰，使兰花有了灵魂和气韵，物我合一，悲欣交集。读来仿佛暗香浮动，清气氤氲，身心都被浸染和洗涤。

修改之后兰的形象更加丰满，意蕴更加丰厚。王先生精益求精、不断完善的精神让人敬佩！先生对一首小诗都如此转益多师、身心投入，对待工作可想而知。您能在工程技术和诗词艺术等方面取得如此巨大的成就也就不难理解了。

王改正先生点评：

古今咏兰诗词歌赋多多，而以新体诗咏兰者少见。玉明教授此作《自题幽兰泣露小照》，新颖典雅、意象清幽，是兰品与人品融为一体的优美诗章。且以兰露与泪珠并举，生致情之韵味。以义山、子美和灵均之典引出家国之感慨，大增幽兰意象之厚重。此案头之幽兰，贞洁超尘，是诗家洁身脱俗的写照，也是理想人格的寄托。幽兰引起幽思，是中国几千年诗歌审美托物言志的优良传统，见幽兰客体与作者心灵的契合。尾联："脉脉兮情思何寄，幽幽兮留影存书"映照诗题，且音韵和谐，吟读如歌，使人心静神怡。感动！

叶迪生先生点评：

好诗！

你的诗词，我认为，有情性，有魂魄，有古人传承；阳春白雪，高格雅韵，句句斟酌；高山流水，知音相印，心灵互通。可惜只是在圈子里传诵，什么时候广泛传播感动天下才好。

涂善东先生（中国工程院院士，华东理工大学教授）点评：

先生诗配照，情景交融，倩影芳菲，幽思感人。

雒建斌先生（中国科学院院士，清华大学教授）点评：

寓意深刻，优雅与忧伤交汇，美与忧融合，妙笔！

安琦先生（华东理工大学教授，中华诗词学会高校诗词工委会委员）点评并建议：

写得非常好。富有内涵，意境深远，写出了兰的优雅，既有现代诗的自由洒脱，又有古体诗的简洁和平仄韵味。提一建议不知当否，开头"你看"二字似可减去，仅供参考。（已经采纳）

您真是精益求精，感觉第一段更加好了，开句就震撼心灵！

萧云子博士（研究员，清华大学荷塘诗社副秘书长）点评：

王院士把新诗写出了古诗的味道，古朴典雅，却又不失清新，可为新诗楷模。

张桂兴先生惠赠:

> 赏读王玉明院士题幽兰诗
> 花叶幽幽态,
> 庭堂淡淡香。
> 寄情思久远,
> 出语自阳光。

孙茂松教授(清华大学人工智能研究院常务副院长)点评:

一位工程技术硬碰硬的老专家,能有如此细腻入微的柔性体贴以及由小入大的家国情怀,并用一种新旧融通的文字形式生动表达出来。已过从心所欲不逾矩之年仍青春之气不减,令人印象深刻,值得我们这些晚学学习。

林峰(香港)先生点评:

天庭九畹,深山空谷。回应如怨如慕,如泣如诉。婉转曲折而又天衣无缝。令人叫绝矣!

义山泣露幽兰,子美歌哭家国,已把"小照"布满神采,况灵均孤愤汨罗乎!

以新诗体写古诗境能写得如此纵横捭阖,可谓先河矣!

彭玉平教授(中山大学中文系主任,长江学者特聘教授,中华诗词学会高校诗词工委会副主任)点评:

新诗而有古韵,以一花绾合古今,情感深沉,余味悠长。

您对诗词的虔诚令我感动。

钱建状先生（厦门大学中文系教授，中华诗词学会高校诗词工委会委员）点评：

肝肠似火，色貌如花。摧刚为柔，一唱三叹。有稼轩之风。

林峰先生（北京）点评：

新雅深幽，思接千载。

曹初阳先生点评：

王公新体诗，形新而味古，隽雅而浑成，淡中见馨，亦秀亦豪，有独来独往之概，兼缥缈孤鸿之幽，学养才情俱现，允为佳构。

叶嘉莹先生点评：

"惠传诗歌摄影等诸大作都已收到。甚谢。你真是一位敏感多能的才人。"

歌曲四首

南迦巴瓦峰与雅鲁藏布大峡谷

1.《荷塘咏叹调》

第一段

　　淡抹余晖映衬着西山苍苍，

　　朦胧月色洒落诗人咏叹的荷塘。

　　秋夜晚荷仍未泯淡淡的芬芳，

　　仿佛发自伊人的云鬓素妆。

　　"山楂树"和"莫斯科郊外的晚上"，

　　"三套车"夫诉不尽苦难忧伤，

　　田野上牧童思念黑眼睛姑娘[①]，

　　长记你在荒岛边独自低吟徜徉。

　　阵风吹过高杨，

　　萧萧一片微觉寒凉。

　　望图书馆灯火辉煌，

　　夜读的你可是在忙？

　　返回宿舍的路上，

　　清凉月色如霜。

　　待你完成梳妆，

　　不妨微启南窗。

　　轻抛一缕心香，

　　灵犀通我心房，

　　情思伴你入梦乡。

第二段

窗中云影辉映着槛外山光，

春去秋来怎剪断那如缕的柔肠。

"同桌的你""一生有你"仍在回响，

贝加尔湖波涌着款款忧伤②。

魂牵梦绕你缠绵悱恻的吟唱，

仿佛流水诉不尽岁月沧桑。

禁不住潸然流下了清泪两行，

洒向北院的情人坡如茵绿草上。

早春杨柳轻飏，

湖面冰开云泛漪光。

愿芳心动似水波漾，

梦里牵手身心飞扬。

脉脉含情献诗行，

余音空自回荡。

耳畔书声琅琅，

即将劳燕分翔。

分手怎能相忘？

重逢互道无恙。

他年怀旧叹情殇。

尾声

缘分使我们千里来几载同窗，

共沐那水木清华旁和煦春阳。

老校歌依然在耳边袅袅回荡，

离别岂能忘彼此一段情长。

注

① ：取自俄罗斯民歌《田野静悄悄》歌词。

② ：指清华校友李健作词、作曲的《贝加尔湖畔》。

2019 年 12 月 2 日深夜完成初稿，12 月 3 日清晨修改，经与曲作者互动再三修改后于当天晚上定稿。

这首歌曲由清华大学师生创作并演唱。

作曲：佟禹畅同学

填词：王玉明

女声：付林波老师（新版：赵冰玉同学）

男声：何致衡同学

口哨：王玉明

叶迪生先生赠诗：

高雅千秋句、行云天籁声。人间闻此曲，天地播真情。

王冰先生点评：

此新诗有古诗意，可吟、可唱、可叹！诗歌随音乐流淌，音乐也在诗句间唱响。

荷塘咏叹调

禹畅 作曲
韫辉 填词

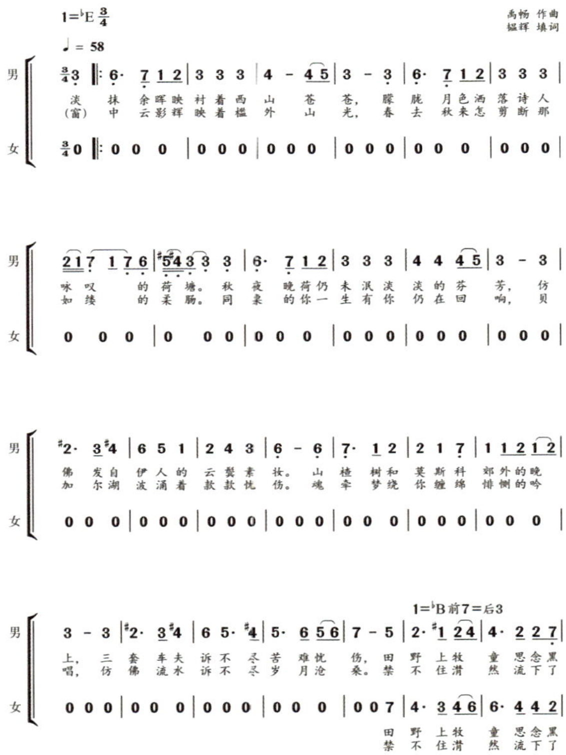

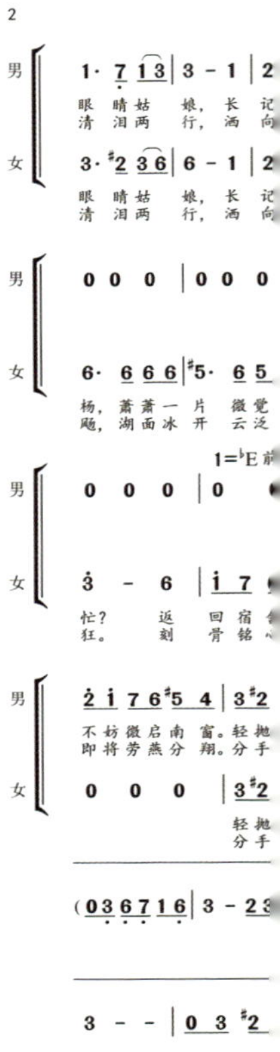

0 #4 6 7 6 | i 7 6 7 i 2 | 3 - - | 7 - -) 0 0 3 |

富

2.

男 6 - 3 | 6· 7 1 2 | 3 3 3 | 4 5 4 2 | 3 - 3 | 6· 7 1 2 | 3 3 3 |
女 6 - 3 | 6· 7 1 2 | 3 3 3 | 4 5 4 2 | 3 - 3 | 6· 7 1 2 | 3 3 3 |

旸！缘分使我们千里来 几载同窗，共沐那水木清华旁

男 2 1 7 7 1 7 6 | #5 4 3 3 | 3 | 6· #5 6 7 | 1 1 1 |
女 2 1 7 7 1 7 6 | #5 4 3 3 | 3 | 6· 7 1 2 | 3 3 3 |

和煦 春阳。老校歌依然在耳边

男 2 2 3 4 | 1 - 1 | 7· #1 2 | 3 3 1 | 2 4 3 | 6 - - |
女 4 4 5 6 4 | 3 - 3 | 2· 3 #4 | i 7 1 | 2 4 3 | 6 - - |

袅袅回荡，离别也能忘彼此一段情长。

火辉煌，夜深的你可是在
水波漾，梦里牵手欣喜若

待你完成梳妆，
耳畔书声琅琅，

如霜回荡。

1.

房，情思伴你入梦乡。
惹，他年怀旧吆情

荷塘咏叹调

这首歌曲于 2020 年 9 月底获音创未来 QQ 音乐 "Z 世代原创歌曲大赛" 特等奖和最受欢迎作品奖。

《荷塘咏叹调》

《荷塘咏叹调》（新版）

音创未来QQ音乐"Z世代原创歌曲大赛"总结会暨王玉明院士师生作品交流会在清华举行

清华新闻网9月30日电 9月24日，音创未来QQ音乐"Z世代原创歌曲大赛"总结会暨王玉明院士师生作品交流会在清华大学举行。清华大学副校长彭刚、校党委原副书记、荷塘诗社名誉社长胡显章出席并致辞。校党委宣传部常务副部长覃川、艺术教育中心主任赵洪、中国传媒大学音乐与录音艺术学院教授张丰艳、腾讯音乐娱乐集团QQ音乐校园项目负责人张润涛等作为主办方代表共同参会。

音创未来QQ音乐"Z世代原创歌曲大赛"总结会暨王玉明院士师生作品交流会在清华举行。从左至右分别为：付林波、王玉明、彭刚、佟禹畅、何致衡。

《荷塘咏叹调 水木清华情》

2.《秋思》（佟禹畅版）

小园，
曲径，
香浮，
月动。
皎洁的蟾光，
斑驳的树影。

缓步，
遐思，
回忆，
憧憬。
已逝的光阴，
未残的春梦。

飞瀑，
奇峰，
湖堤，
溪径。
瑶池的琼阁，
蓬岛的仙踪。

红落，
春樱，
雨打，
秋桐。
顾盼的魂销，
失落的梦醒。

大漠，
孤篷，
落日，
沙峰。
绿洲的渴望，
行者的苦征。

明灭，
群灯，
隐现，
众星。
尘思的缱绻，
禅意的凄清。

副歌

旭日大江沧海，
晓风残月寒星。
低吟长叹人生百味，

豪放婉约诗词书影。

人寂霜飞夜永，
小园月朗风清。
脉脉幽思悠悠长梦，
拳拳赤子款款深情。

2019 年 12 月 11 日凌晨再三修改于遵义差旅途中

注：由早年的新体诗旧作增补改写为歌词，其中的三、四、五段及副歌第一段均为增补，副歌第二段为旧作结尾移置并改写。

这首歌曲与 2020 年获得音创未来 QQ 音乐"Z 世代原创歌曲大奖赛"特等奖和最受欢迎作品奖的《荷塘咏叹调》一样，都是由清华大学师生创作和演唱的。曲作者仍然是佟禹畅同学，计算机系本科学生；词作者仍然是机械工程系王玉明教授（中国工程院院士）；男声是机械工程系博士后尹源（其合作导师是王玉明教授）；女声是新闻学院本科生赵冰玉同学；口哨间奏仍然是王玉明教授。

与《荷塘咏叹调》先有曲后填词不同，此歌是先有词后谱曲；前首歌的曲调是俄罗斯民歌风格，而此曲是西洋风格；前者偏于通俗，后者偏于艺术；前者的词比较单纯，是以"学生"的身份进行咏叹，后者则是经历过"人生百态"、岁月沧桑的"成年人"之所思所感，既有"旭日大江沧海"的豪放，也有"晓风残月寒星"的婉约，其中也不乏象征和隐喻。曲子也随着歌词所描述的情景和意境而起伏变化，听众或读者可能需要细细品味其词曲的意蕴。歌曲的结尾"人寂霜飞夜永，小园月朗风清"，又回到了开头"小园，曲径，香浮，月动"的场景以及"缓步，遐思，回忆，憧憬"的情思，最后以"脉脉幽思悠悠长梦，拳拳赤子款款深情"结束，紧扣标题之《秋思》。

《秋思》已经作曲的有两个版本：先有中国音乐家协会的孙建平先生作曲、葛子漫演唱的版本；后有清华大学佟禹畅同学作曲、尹源和赵冰玉演唱的版本。

王冰先生点评：

有时候，短句是最有力量的句子，它就像一把剑，直指人的面门。此诗简洁阔达，意境开阔，将各种景致纳入诗中，是教人作诗首先要有境界也。

包岩女士点评：

一首《秋思》以作者的小园漫步开始，悠悠然展开遐想。接下来四组画面，伴随着低婉的校园民谣般的旋律铺陈开来，仿佛带人走入那暮春落樱、秋雨梧桐、大漠孤篷的时空长廊。

人生旅程亦莫不如此，时而低沉，时而激昂，时而求索，时而忘怀，正如人间的群灯明灭和夜空的众星隐现一般，若有若无，若即若离。

这些交错更迭的画面让人想起毕加索，词曲仿佛把毕加索蓝色时期的忧郁、粉红色时期的浪漫与立体主义结合了起来，既带来新奇的体验，又让人久久回味，难以忘怀。

秋思

秋 思

1=D 3/4

♩=95

作词 韫辉 词
禹畅 曲

‖: 3 - 3 | 4 - 4 | 5 - 5 | 4 - 1̲2̲ 3 2 1

小 园， 曲 径， 香 浮， 月 动。 皎 洁 的 蟾 光，
(大) 漠， 孤 蓬， 落 日， 沙 峰。 绿 洲 的 渴 望，

6 2· 1̲ | 1 - - | 7 - 5 | 4 - 4 | 5 - 4 |

斑 驳 的 树 影。 缓 步， 遐 思， 回 忆， 憧 憬，
行 者 的 苦 征。 明 天， 群 灯， 隐 现， 众 星。

1· 7̲6̲ | 5 5 5 | 4· 3̲2̲ | [1.] 1 - - | 1 - 1 | 2 - 2 |

已 逝 的 光 阴， 未 残 的 春 梦。 飞 瀑， 奇
尘 思 的 缠 绵， 禅 意 的 凄 (清)。

2 3· 4̲ | 4 - - | 3 - 3 | 3̲ 3̲ 3 | 4 5̲ 5̲ 5 - - |

峰， 湖 堤， 溪 径。 瑶 池 的 琼 阁， 蓬 岛 的 仙

4 - 4 | 4 - - | 4̲ 5̲ 6̲ | 6 - 4 | 4̲ 5̲ 6̲ | 6 - 4 |

踪。 红 落， 春 樱， 雨 打， 秋 桐。 顾

4 5̲ 6̲ | 6 - 4̲ | 4̲ 5̲ 6̲ | 6 - - | 6 - 5 | 5 - - |

盼 的 魂 销， 失 落 的 梦 醒。

5 - (5̲ | 3 - - | 2 - 3 | 4 6̲ | 6̲ 3 2 | 7 - 1 | 1̲ 1̲ |

2 3̲ 4̲ 4̲ 6̲ | 5 - 5 | 3 - 3 | 3 - - | 7 6 3 | 5 4 6̲ |

6 5 4 | 3 - 5 | 1 - 3 | 2 - - | 5 - 4̲ | 4 - 4 |

[2.] 2 -) 5 ‖: 1 - - | 1 - 5̲ | 5̲ 6̲ 7 | 1̲ 2̲· 1̲ | 1 - - |

大 清。 旭 日 大 江 沧

7 - 6 | 5̲ 7̲ 6̲ | 5 - 3̲ | 2 - 5̲ | 1 3 5 |

海， 晓 风 残 月 寒 星。 低 吟 长 叹

7̲ 1̲ 3 | 2 - - | 6 - 2̲ | 1̲ 7̲ 1̲ | 2̲ 1̲ 1̲ |

人 生 百 味， 豪 放 婉 约 诗 词 书

7 - 5̲ | 3̲ 4̲ 5 | 3 - 3 | 4̲ 5̲ 6̲ | 1̲ 6̲ |

影。 人 寂 霜 飞 夜 永， 小 园 月

7 5̲ 6̲ | 4 - - | 3 - 3 | 3 4̲ 5̲ | 5̲ 6̲ 7 |

朗 风 清。 脉 脉 幽 思 悠 悠 长

1̲ - - | 1 - 1 | 1=A 前 2=后5 | 7 1 2 | 4 3 2 |

梦， 拳 拳 赤 子 款 款 深

3 - - | 3 - 1 | 7 - - | 7 - 5̲ | 6̲ - - | 6 - - ‖

情， 深 情， 深 情。

《秋思》

202

3.《秋思》（葛子漫版）

作词：王玉明
作曲：孙建平
演唱：葛子漫

《秋思》（葛子漫版）

孔汝煌先生点评：

《秋思》欣赏的感受：

就歌词说，是如杨叔子先生所说、所探索的民族化的新诗。所谓民族化，即吸收传统诗词元素，此词以排比的名物句与联袂的短语营造密集的意象叠加，形成极强的对视觉、听觉的冲击力量，这在马致远、白朴等的同题名作中就能体验到这种感受。就配曲而言，既有欧洲古典音乐元素，又有中国传统古典民乐的韵律，旷阔悠远，典雅抒情，与歌词的优雅格调契合。

4.《绿洲之梦》

沙峰沙谷
连绵起伏
海洋般
无边无际的
大漠

日出日落
月圆月缺
车轮般
周而复始的
岁月

晨起夜卧
艰难跋涉
征帆般
追求彼岸的
行者

仙山琼阁
秋水素娥

海市般
罗曼蒂克的
失落

忽梦绿洲
清泉甘冽
饮吧
洗吧
洗却经年的
征尘
解脱累月的
焦渴

王冰先生点评：

对于每一个人而言，希望就像是一盏明灯，能照亮一个人艰难的人生之路，希望就像一泓清泉，滋养在沙漠中行走的旅人。于是，对于那些晨起夜卧，艰难跋涉去追求彼岸的人，面对这连绵起伏的沙峰沙谷，海洋般无边无际的大漠，面对车轮般周而复始的岁月，那一方绿洲就是支撑我们前行的希望。玉明先生在诗中得此意，并再次告诉我们，每个人都要怀揣希望去走自己的人生之路。

孔汝煌先生点评：

唯美风格，好听。曲与词也很搭配，浩瀚广袤，苍凉亘古。

黄晓丹博士（江南大学副教授，中华诗词学会高校诗词工作委员会委员）点评：

这首歌听了好几遍了，确实好听。高举而蕴藉。男声也唱得非常好，既有深情，又不过份，与词意的象征性很匹配，可以说是温柔敦厚。

刘麒子先生点评：

乐在其中，情融于兹！

施仪对先生（澳门大学中文教授）点评：

题材及主旨配合得当，渴慕与梦、此岸与彼岸、空间与时间，都有发挥联想的依据。以古诗词某些格式元素为骨架创造新体格律诗，亦甚协调，可当一支自度曲看待。合乐歌唱颇悦耳。

绿洲之梦

曲：禹畅
词：韫辉

绿洲之梦

曲：禹畅
词：韫辉

《绿洲之梦》

对新体诗和歌曲的综合点评

叶嘉莹先生点评：

"绝妙好词。你的新诗和旧诗一样出色，锐感真情，是真正的诗人之诗。"

"我觉得您是一个真正的诗人。您不但对于外界的情景很敏感，对于文字其实也非常敏感，不管是新诗还是旧诗，都很难得，都写得很好。这不是我的赞美，是因为您本身有诗人的气质，文字也掌握得很好。"

"尝试多种体式，每种各有特美，足见才华。"

郑伯农先生点评：

"玉明酷爱旧体诗词，也不薄新诗。当格律体适于表达感情的时候，他就写诗词。当需要自由体来抒情言志的时候，他就写新诗。在他那里，旧体新体是互相补充的，各有各的用处。新诗如何写得更凝练，更有形式美，让人好记好诵？这是许多作者都在探索的问题。不能说，集子中的新诗已经完成了这些探索，但其中确有些富有新意、富有吸引力的篇章。如《礼赞》，显然，作者不满于浮躁、急功近利的世风，他通过对自然景观的礼赞，含蓄而深沉地呼唤真善美。"

西渡教授（清华大学中文系，诗人及评论家）点评：

"真情真意，诗人情怀，少年心性。王老师青春诗心两常驻。"

杨清茨女士（诗人，散文家，书画家，文化主持人）写意：《春时尽芳华》

王冰先生点评：

　　"先生对于人生的深刻理解，让先生写出的诗歌具有深邃的人生哲理。"

　　"其实，新体诗和古体诗在本质上是一致的，要求一样，写法不同而已。"

　　"王老师是通才、大才，文理兼通，让人敬佩！"

对诗、书、歌、影的综合点评

李晓红院士（中国工程院院长）点评：

　　"你热爱祖国人民，热爱科技事业。特别是在流体密封领域，孜孜不倦深耕半个多世纪，以拳拳赤子之心在'小专业'做出'大事业'。你热爱山河自然，热爱风云万象。在从事科研教学之余，对中华诗词抱有极大兴趣，在求真、求善、求美的道路上不断探索，将科学之美和人文之美有机融合。民胞物与，念兹在兹。正如您在诗中写到的：'山乃仁人骨，川为智者魂。科学求永昼，诗意蕴黄昏。'今天，您仍然活跃在教育战线与科研前沿。"

何继善院士点评：

　　"王玉明同志，我首先认识他的不是他的诗词，不是他的摄影，也不是他的书法，而是他的为人。他的为人是如此诚实、忠厚，特别是非常非常认真，不管做哪一件事情，他都非常认真地去做。我对他的认识是从这里开始的，是从他的人品开始的，是从他的道德开始的。后来我才读他的诗，看他的摄影作品，再后来是他的书法作品。他的隶书不仅很规范，而且非常灵动。"

　　"诗人的思想深邃、广博、而又厚重。令人感动，钦佩！"

　　"诗书皆绝！"

　　"你的书法越来越潇洒了！"

叶迪生先生点评：

"高雅的诗词，高深的学问，高洁的心灵，高明的拍照。"

"你是全才，学问渊博，追求真善美，兴趣高雅，走遍天涯海角，穷尽天下名山，年迈而能攀登绝岭，心善而思量四海人间。正直、正义，现代真君子是也。"

林峰先生（北京）点评：

"玉明院士不仅诗词典雅，影画精美，其书法艺术也是空灵飘逸，清秀洒脱，如行云流水一般，悦我眼目。细读其书，尝觉横竖之间，回锋高爽；撇捺之际，顿挫分明。恰似蚕头雁尾，鸾飘凤泊，堪谓深得隶书之三昧也。"

星汉教授点评：

"真好。诗词、摄影、书法，都好。大开眼界！"

胡显章教授点评：

"老清华工学院院长顾毓琇集科学家、教育家、诗人、戏剧家、音乐家和佛学家于一身。当今的诗人、摄影家、院士王玉明以顾毓琇为模范，他们都为我们树立了典范。清华大学党委书记陈旭教授在庆祝 2020 年教师节时说：'我们的老师爱生活、有品位。大家都知道，机械系王玉明院士也是诗人、摄影家，他将科学之美和人文之美集于一身，延续了清华会通的优良传统，生动诠释了求真、求善、求美的精神境界。'"

"王玉明还钟情书法、音乐，他的口哨可称准专业水平，由他为清华学生所作的曲子配词的歌曲《荷塘咏叹调》脍炙人口，荣获 2020'Z 世代原创歌曲大赛'特等奖和最受欢迎作品奖。他是由清华生动活泼校园文化孕育出来的一位才华横溢的学子。"

"王玉明院士无论对科学技术还是人文艺术，都始终怀着一颗赤子之心，追求至真至善至美的境界。"

题词：

"心之歌，魂之舞，识博格高，词巧气正，情真意切。"

倪健民先生（中央政策研究室原秘书长，中华全国总工会原副主席，《中华辞赋》顾问）点评：

"拜读韫辉先生诗书歌影有作古风一首

云翼振风，国脉荷塘。

格物通微，韫玉辉光。

清韵悠远，神采飞扬。

点染咫尺，蕴藉绵长。

大巧若拙，天趣淳光。

大气脱俗，素淡弥香。

爱之所识，咏之所倡。

同沐东风，德馨无疆。"

田麦久先生点评：

清华大学王玉明院士是机械设计、流体密封工程专家，热爱中华诗词并有高深造诣，是国学大师叶嘉莹的亲传弟子。近日，在国艺新时代组织的诗词名家雅集中，有幸当面聆听王玉明院士论诗，受益良多。为表敬意，亦填《画堂春》一曲相赠。

画堂春·王玉明院士风采

轮机奥妙任君明，

且将流漾合封。

寒窗励志报华瀛、

仪仰迦陵。

引墨留芳存韵，

咏荷赏月听风。

学揆纾雅更悠情，

飘逸人生。

七律·读王玉明院士新著《水木清华眷念》有感

功成学界誉魁元，却借诗书寄素笺。

最爱荷塘观月色，常歌水木赋华园。

虚怀壑谷通八艺，欣纳清川聚一贤。

太史博才咏千古，今朝风雅又新篇。

周文彰先生点评：

"2020 年 11 月 30 日，是中华诗词学会第五届全国会员代表大会在北京召开的日子，也是我认识王玉明院士的开始。工科院士写得一手好诗，让我惊奇，更让我钦佩，因为对中华格律诗，连相当一部分专攻中国语言文学的人也很生疏。接着，让我惊讶的事儿一件件出现在我眼前：他的风景摄影作品有的拍摄难度非一般摄影爱好者所能为；他的书法作品，隶、楷、行兼备，非一日之功；他的口哨音乐，委婉悠扬……我不知道今后的日子，他还会冒出什么让我惊讶和钦佩的事情来。可以想见，他为这些能力和成绩所投入的时间和精力一定是可观的，因为'No pains, no gains'是人所共知的真理。这些投入非但没有影响他的'正业'，反而可能助推了他的正业，不然，他怎么可能在他所专攻的机械工程领域攀上峰巅，成为中国工程院院士呢？！而且就在最近，在他八十岁高龄之际，他所带领的团队获得一项国家技术发明二等奖和多项省部级科技一等奖、二等奖。有鉴于此，在他八十大寿生日当天清早，我怀着崇敬的心情，草就一首小诗，献给在诸多领域留下深深脚印的王玉明院士：

　　密封绝艺树峰巅，机械声名足大贤。

　　更觅诗书山水里，飘然鹤发似青年。"

后记

　　这是我的第四本诗集，从一千六百多首诗词中精选出来五十二首代表作，最后部分是十首自由体新诗和四首我作词的歌曲。每首都有方家的点评，包括给我赐号"韫辉"的恩师叶嘉莹先生。叶先生还为本书亲笔题词。每首诗词至少配有一幅书法作品，由我自己和（或）多位书法方家书写。封面书名《水木清华眷念》由中国书法家协会前主席苏士澍先生用篆书书写，序言由中华诗词学会顾问（原副会长）钟振振教授用文言文撰写。对诸位老师的垂爱表示由衷的感谢！

　　书中有些作品起草之后完全或基本上没有改动，但多数作品都经过了反复的推敲修改。这当中许多师友的切磋建议功不可没。实际上，这些诗词包含着集体的智慧。

　　我从 1956 年上高中时就开始喜欢中华诗词。1959 年上清华大学之后，学习了王力先生的小册子《诗词格律十讲》，并读了不少唐宋诗词，初步掌握了诗词格律的规律，于 1962 年春创作了处女作《调笑令·水木清华》，并于当年暑假在清华大学昌平三堡休养所创作了《幽谷临风》等第一批诗词。当时是自发地用"新声韵"。1976 年清明节前夕，草就两首悼念周总理、反对"四人帮"的七绝，贴到人民英雄纪念碑前，后被收入《天安门诗抄》。由于我特别热爱大自然，喜欢旅游摄影，写了不少山水诗。受大诗人李白等的影响，成为一名诗人特别是"山水诗人"，曾经是

诗和远方

王玉明 题

作者自书

我的梦想。但是，随着年龄的增长和阅历的增加以及不断地向古代诗词名家学习，现在已经不仅仅是钟情于描写山水了。

对于诗词创作，我以前完全是自学的，后来于 2010 年 1 月 30 日，我幸运地结识并拜诗词泰斗叶嘉莹先生为师。十一年来，叶先生给了我许许多多的指导、认同、鼓励和鞭策，使我的自信心大大加强，对自己的要求也越来越高。在题材上，人文方面的内容大幅度增加；在韵律上，由以新声韵为主兼顾古声韵改为以古声韵为主兼顾新声韵；词则由小令为主改为小令、中调、长调兼顾，特别注意了补短板——步韵（或依韵）先贤名作学写长调词；为了更加情景交融，由过去的只写"实景"改为实景与"造境"并用；风格韵味上，也更加注意含蓄蕴藉和沉郁顿挫。许多诗词方家如梁东先生和孔汝煌先生等都说我的诗词水平有"质的飞跃"。现在我对词的兴趣已经超过了诗。恩师叶先生说我："你是从我学诗之人中最热心也最有成就的"，"你的成就主要由于你禀赋有一种纯真的赤子之心。这不是老师所能教出来的"。我明白，恩师说的完全是心里话。但是，对最后一句话我不能完全同意，因为我从恩师身上学到的绝不仅仅是技术性的知识和技巧，老人家的拳拳赤子之心，大爱无疆的纯真本性，老当益壮的敬业精神，心灵默契的鼓励鞭策等，对我都是更加宝贵的精神食粮。因此，我对恩师有发自肺腑的敬仰和爱戴。先生一直反复强调我是一个"不失赤子之心的真正的诗人"，这次又为本书亲笔题词："诗人者不失其赤子之心者也"，我认为这是对学生最高的认可和褒奖。因此，叶先生不仅是我的老师，还是我的知音、知心朋友。我对这样的老师兼朋友感到特别尊敬和亲切。

我的第三本诗集《心如秋水水如天——韫辉诗词百首》是叶先生系统审阅点评的，这次考虑到恩师已经九十七岁高龄，加之工作极其繁忙（每天工作十多个小时），没忍心再打扰她老人家。

钟振振教授对五十二首诗词进行了系统的审阅，提出不少意见建议，并为拙作撰写了序言。钟老师的意见建议绝大部分都被采纳了。有钟老师这样高水平的诗词方家为我这个业余爱好者把关，十分荣幸。

众多的诗词大家、名家不仅对拙作做了具体的点评，而且还对我的诗、书、歌、影乃至科技教育和为人处世做了综合点评，这是对我的巨大鼓励和鞭策。我将怀着真诚的感恩之心，以"老骥伏枥"的精神继续耕耘和修为，争取用新的成绩来回报其厚爱。

对于自由体新诗，我也有所涉猎，甚至有点"偏爱"：这次入选的古体诗的比例是52/1600，新体诗（包括歌词）的比例却是13/50。这些"新体诗"（我从来不称其为"现代诗"）得到了叶嘉莹、郑伯农、施议对、林峰（香港）等许多大家、名家的好评，特别是还得到了王冰等著名的新诗评论家的认同，既出乎意料，又颇为感动。

本书的最后部分是四首歌曲，都是我作词的，有三首曲作者都是清华大学计算机系本科生佟禹畅同学，演唱也都是清华师生，其中二首的口哨间奏都是我本人。还有一首的曲作者是专业作曲家孙建平先生，演唱者是专业歌唱家葛子漫女士。特别是第一首歌曲《荷塘咏叹调》还获得音创未来QQ音乐"Z世代原创歌曲大赛"特等奖和最受欢迎作品奖。每首歌都附QQ音乐的二维码，可以打开来听。

此书实际上是诗、词、曲、新诗、歌曲与书法（并含少许绘画和摄影）的合集，其中书法占有重要位置，不能不多说几句。

我从小学到大学，从未学过书法，只是在上大学"机械制图"课程时学过硬笔的"仿宋体"。但是，一直被中国书法之美所吸引，于2005年加入了以潘云鹤院士为社长、何继善院士为副社长的中国工程院院士书画社并成为其理事，耳濡目染，开始写毛笔字。先是"自由体行书"，六七年前开始写隶书，慢慢找到一点感觉，现在是以隶书为主了。隶书先是学刘炳森的，后来临了点曹全碑、乙瑛碑等，因为我偏爱曹全碑的隽秀和乙瑛碑的端庄。我的书法作品在第一和第二届"沈鹏诗书画大奖赛"上作为特邀作品参展，此外还在韩国和香港、澳门等地区展览。但是，由于各方面的工作极其繁忙，很少能抽出时间来临帖和创作，连"三天打渔两天晒网"都做不到，因此书法还不够成熟。

这次有许多书法方家为本书惠赐书法墨宝，包括九十九岁高龄的两院院士、国家最高科技奖获得者、书画名家吴良镛先生，九十一岁高龄的著名诗人、书法家钟家佐先生和中国书法家协会前主席苏士澍先生、原副主席言恭达先生等等（其他作者姓名和身份请见其作品页）；此外还有三位朋友为本书惠赠绘画。这些珍贵的墨宝为本书增辉很多。

最后，对所有为本书题词、赠诗、唱和、点评、切磋、建议以及惠赐书法和绘画墨宝的诸位老师和朋友（由于多达近百人次，请恕我不能一一列举），对帮我做本书初步编辑工作的李双秀助理和为我拍摄个人照的杨丽英老师，对为我的歌词作曲的佟禹畅同学和演唱者付林波老师、何致衡同学、尹源博士、赵冰玉同学，对本书责任编辑和美编，对所有支持、帮助本书出版的朋友，再次表示由衷的、深深的感谢！

以感恩之心作诗一首答谢诸位善良而友爱的老师和朋友：

几朵小山花，爱怜青眼加。

远方诗意永，野草漫天涯。

韫辉（王玉明）

2021 年 4 月

清华大学一百一十周年校庆之际定稿于清华园

220

图书在版编目（CIP）数据

水木清华眷念：韫辉诗词选／王玉明著． —— 北京：
作家出版社，2021.5

ISBN 978-7-5212-1404-8

Ⅰ．①水… Ⅱ．①王… Ⅲ．①诗集－中国－当代
Ⅳ．① I227

中国版本图书馆 CIP 数据核字 (2021) 第 067348 号

水木清华眷念：韫辉诗词选

作　　　者：王玉明
责任编辑：张　平
装帧设计：意匠文化·丁奔亮
出版发行：作家出版社有限公司
社　　　址：北京农展馆南里 10 号　　邮　　编：100125
电话传真：86-10-65067186（发行中心及邮购部）
　　　　　　86-10-65004079（总编室）
E-mail:zuojia@zuojia.net.cn
http://www.zuojiachubanshe.com
印　　　刷：北京汇林印务有限公司
成品尺寸：152×230
字　　　数：160 千
印　　　张：14.5
版　　　次：2021 年 5 月第 1 版
印　　　次：2021 年 5 月第 1 次印刷
ISBN 978-7-5212-1404-8
定　　　价：68.00 元

ISBN 978-7-5212-1404-8

9 787521 214048 >